JN047238

ばかみたいって言われてもいいよ

2

吉田桃子
momoko yoshida

講談社

ばかみたいって言われてもいいよ②

もくじ

1 いっしょに、ご飯。……4
2 夏休みがやってくる。……15
3 月乃との再会。お父さんとも……。……25
4 瑠奈のファッション開拓計画！……46
5 夏休み中のお手伝い。……65
6 『中二女子、レトロな商店街の食堂でランチしてみた』。……73
7 私と詩音、いつものやりとり。……87

装画・挿絵／ゆの

8 拡散されちゃった?!……94
9 予期せぬ出来事。……100
10 外に出るのが……怖い。……115
11 二人だけの線香花火。……130
12 おさんぽ・おかいものラリーwith詩音。……138
13 シェアする幸せ。……156
14 私の、初めての気持ち。……164
15 詩音の気持ち。……182
16 ひとりぼっちの涙。……194

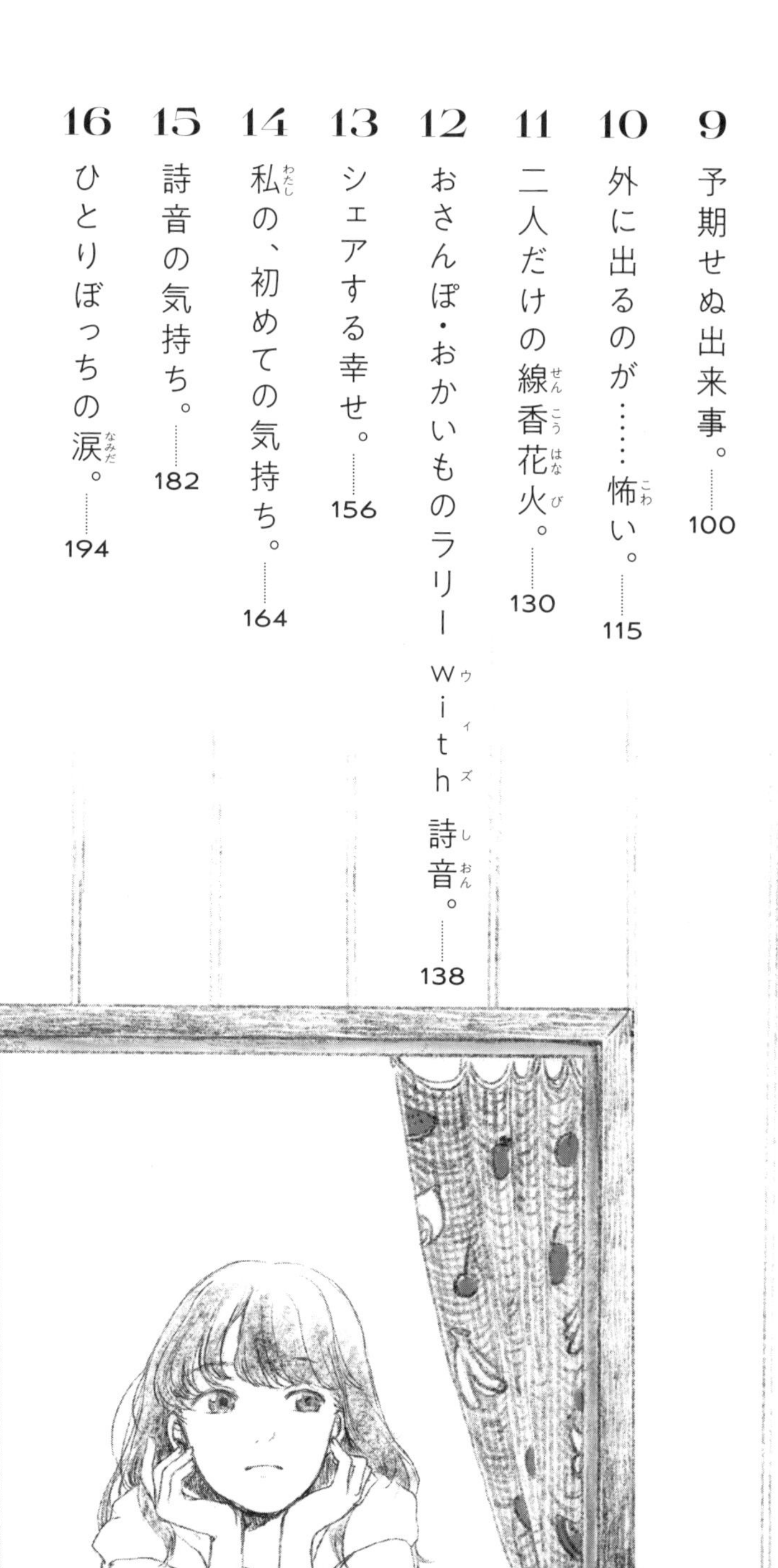

1 いっしょに、ご飯。

えーん、えーん。

ひとりぼっちで泣いている小さな女の子。

どうして泣いているの？　なにがあったの？

話しかけようとして、泣いているのは「私」、自分自身だと気づいた。そして、これは現実ではなく「夢」なんだとわかる。

ああ、思いだした。

幼稚園児のころ、私って、よく両親に「おねえちゃんなんだから！」って叱られて、そのたびにすねて泣いていた。三歳年下の妹は「妹だから」って理由で、いろんなことを大目に見てもらえるのに。私は、その反対。

さっきも、妹の月乃を、ちょっと注意しただけで「妹をいじめないの。おねえちゃんなんだから」って叱られた。

もとはといえば、月乃が私のおやつを横取りしたのが、きっかけだったのに。

お父さんも、お母さんも、私のことなんて全然見てくれない！　もう、いやだ！

私は、涙をこらえて階段を上り、二階の部屋へやってきた。

誰もいないこの部屋なら、おもいっきり泣いても大丈夫。

そう思って、一人で泣いていたときだった。

「どうしたの？」

聞こえてきた声に、びっくりして涙がぴたりと止まる。

声のするほうを見ると、部屋の窓が開いていて、そこから見える隣の家の窓から男の子がこっちを見ていた。

「ねえ、どうしたの？　どこか痛いの？　なんで泣いてるの？　きみ、だれ？」

私と同じ年くらいの男の子は、窓越しにどんどん質問してくる。

きみ、だれって。聞きたいのはこっちも同じだ。

涙を見られた恥ずかしさで、顔がどんどん熱くなっていく。

「ねえ、ねえってば」

男の子はしつこい。もう……ほうっておいてよ！　叫ぼうとした、次の瞬間……。

ピーッ、ピーッ、ピー……。

耳元で鳴る電子音に、私は、ハッと目を開けた。

鳴っているのは、スマホのアラーム機能だ。あわててスマホを手にとって、アラームをストップする。

時刻は、朝の五時五十五分。

布団をたたんで押し入れに片づけると、私はパジャマを脱いで、Tシャツとジャージのハーフパンツに着替えた。

自分の部屋の戸を開けると、階下から上ってくる甘いにおいが鼻をくすぐる。

「おはようございまーす……」

作業場をのぞくと、私のおじいちゃん、おばあちゃん、それにお母さんが、もう仕事を始めていた。甘いにおいの正体は、うちで作っている「あんこ」。私が住んでいるこの家は『和菓子のかしわ』という和菓子屋さん。おじいちゃんとおばあちゃんが二人で営んでいたお店を、つい最近、お母さんも手伝い始めた。お店に並べる和菓子の仕込みは、いつも朝早くからスタートする。

「杏都ちゃん、おはよう。お休みなのに、ずいぶん早起きじゃないか」

おじいちゃんが、ニコッと笑う。

「うん。今日から、『なないろ公園』のラジオ体操に参加することにしたから」

私が言うと、お母さんが「あら」と顔を上げる。

「ラジオ体操を始めるのは、夏休みに入ってからじゃなかったの？」

「うーん。そう思ってたんだけど、早起きに慣れておきたいから。それに、思い立ったら、すぐ始めたくて」

「すぐに行動できるとこが、杏都ちゃんのいいところね」

おばあちゃんが笑った。

「いってきまーす」

外へ出ると、まだ早朝だというのに太陽が輝いていた。今日も暑くなりそう。

なないろ公園は、このへんでいちばん大きな公園で、中心には噴水のある池もある。水しぶきに太陽の光があたって、虹のようなプリズムが見えるときがあるから、なないろ公園。

公園へ行くには、『ここから商店街』の通りを進んでいく。むかしながらの小さなお店が立ち並んでいるこの町が、私の住んでいるところ。

チラッと、うちの隣の建物に目をやる。

『桜井薬局』『ビューティサロンさくらい』

二つの看板が出ている隣のお店には、私と同い年の中二の男子、桜井詩音が住んでいる。

詩音とは、家が隣同士のうえ、学校でも席まで隣同士。

詩音の部屋がある二階を見上げながら、あいつはまだ寝てるんだろうな、と思う。しょっちゅう寝坊して学校に遅刻してるし。

まだ夢のなかにいる詩音を想像して、ふっと笑いがこみあげてきた。

……そういえば、さっき、見た「夢」！

小さなころの夢だった。

夢のなかで私に話しかけてきた男の子って、もしかして……。

小さなころの詩音なの？

そこまで考えて、私は頭を振った。

ううん。きっと、ちがう。あの子が詩音のはずないじゃない。夢のなかの男の子は、泣いている私を心配して声をかけてきた。がさつで、口が悪くて、女子ギライの詩音とは、まったく反対だ。

いいや。ただの夢だし。

スニーカーのヒモをぎゅっとかたく結び直し、私は、なないろ公園に向かって走りだした。

その日の夕方のこと。

「杏都ちゃん、ちょっといいかしら」

おばあちゃんの声で、私は、はさみを動かしていた手を止めた。

「なあに？」

部屋の引き戸を開けると、おばあちゃんが立っていた。

私の部屋をのぞきこんだおばあちゃんは、くすっと笑う。

「ごめんなさいね。取り込み中だった？」

「あ……」

畳の上には、ファッション雑誌の切り抜きが散乱している。私の好きなことの一つに、ファッション・スクラップブック作りがある。雑誌やお店で見つけたチラシに載っているオシャレな写真やコーディネートを切り抜いて、スケッチブックに貼っていくのだ。

「大丈夫だよ。おばあちゃん」

散らかった部屋が恥ずかしくて、私は、あわてて畳の上の紙を拾う。

「杏都ちゃんがいそがしいならいいの。無理しないで」

「そんなことないよ。これ、宿題とかじゃなくて遊びでやってるだけだから。ちょうど、そろそろやめようかなと思ってたとこだし」

「そう？　じゃあ。おつかいを頼んでもいいかしら」

「うん。いいよ」

じゃあ、これお願いね、と、おばあちゃんはメモとお金が入ったがまぐちを渡してきた。

「お肉?」

豚ロース肉三百グラム、とメモには書いてあった。

「そう。商店街のお肉屋さんで買ってきてちょうだい」

「お肉屋さんって、康生くんのおうちだよね」

丸田康生。私と同学年で、おうちは『だるま』というお肉屋さんだ。

「夕ご飯、詩音くんが来ることになったから」

「えっ」

おばあちゃんが言ったことに、心臓がドキンとはねあがった。

「詩音が?」

「そうなの。さっき外で詩音くんに会ってね、今日は、ご家族がみんな外出していて、夕ご飯にお弁当を買いに行くって言うから。だったら、うちへ食べにいらっしゃいよって言っちゃったの。だから、お肉、もう少し足そうかと思って」

おばあちゃん、優しいな。詩音なんて、おなかがすけばなんでも食べちゃいそうだから、ほうっておいても平気なのに。

……なんて、言ったら、おばあちゃんは「まあ」ってびっくりしちゃうだろうから、私は素直におつかいに行った。

そして、夜の七時。お店を閉めた後のわが家に、詩音がやってきた。


「うまい！」

詩音のお茶わんはもう空っぽになっている。

「詩音くん、ご飯のおかわりどう？　まだいっぱいあるから」

「ありがとうございます。いただきますっ！」

詩音からお茶わんを受け取ると、お母さんはおかわりのご飯を大盛りによそった。

今日の夕ご飯のメニューは、きのこと油揚げの炊き込みご飯に、千切りキャベツを添えた豚肉のショウガ焼き、冷ややっこ、水菜とネギたっぷりのお味噌汁だ。

「よかったあ。口にあわなかったらどうしようって心配だったのよ」

「詩音くんの食べっぷりは見ていて気持ちがいいわね」

お母さんとおばあちゃんが顔を見合わせて笑っている。

今夜、一人で夕ご飯を食べるつもりだった詩音。その詩音が、ひょんなことからうちで、私たちといっしょにご飯を食べている。

詩音のおばあちゃんとお母さんは、ひとあし先に夏休みをもらって、近くの温泉宿へ一泊しに出かけた。お父さんは、勤務先の接待。おじいちゃんは、鬼のいぬまになんとやら、で、さっさと飲みに出かけてしまったらしい。

もりもり食べまくる詩音を見ながら、私のおじいちゃんもにこにこしている。

「これでいっしょに晩酌できたら、もっといいんだけどなあ」

そう言って、おちょこの日本酒をくいっとひとくち飲んだ。

「まあ。おじいちゃん、だめですからね。桜井さんに怒られちゃう」

目を丸くするおばあちゃんに、詩音が「あははっ」と笑う。

「じいちゃん、もうちょっと待っててよ。二十歳になったら絶対にいっしょに飲もうぜ。うちのじいちゃんも誘ってさ」

「そうだね。それまで元気でいないと。あ、もちろん、杏都ちゃんもいっしょにね」

おじいちゃんに言われて、私は「うん」とうなずいた。

二十歳、かあ……。

詩音は「もうちょっと」なんて言ったけど、私には、すごく遠い未来に思える。

二十歳のころ、私はなにをしているんだろう。

「お酒は無理だけど、かわりにサイダーでも出しましょうかね」

「やったー。おれ、炭酸大好き！」

詩音ったら、小さな子どもみたいに無邪気に喜んでいる。詩音って、こうなんだ。だって、今も、なにげない夕ご飯なのに、詩音がいるだけでこの場がぱあっと明るくなっている。

きっと、優しい家族に囲まれているから、詩音はこういう性格なのだろう。

私の家族は……。

離れて暮らしている妹の月乃、それにお父さんを思いだして、胸がズキッとする。私の両親は、離婚はしていないけれど、いろいろあって、今はこんなふうに別々に暮らしているのだ。

両親といっても、私とは別の人間。私は私、堂々としていればいいってわかっているのに、ふとした瞬間、胸が痛くなる。

そのとき、誰かの視線を感じて顔を上げると、向かい側の席に座っている詩音が、じっと私を見ていたことに気づいた。

さっきまでのおちゃらけた顔じゃなくて、深いことを考えているような、真剣な表情。

やだ、なんでそんな顔で私を見てるの？

不覚にも、鼓動がドキドキ速くなっていく。

「わ、私の顔になんかついてるの？」

「べっつにー」

詩音はぱっと、いつもの、心配事なんてなにもなさそうな表情に戻った。

「あ、ばあちゃん。おれ……もう少し肉食いたいなー、なんて」

「はいはい。そう思って、たくさん作ったのよ」

お皿を貸しなさい、と言われ、詩音は「いいよ。自分でよそう」と席を立った。

視界から詩音が消えて、なんだかホッとする。

私、いったいどうしたんだろう。詩音が、ちょっと変わったそぶりを見せただけで、こんなに心がかき乱されるなんて。……それにしても、あいつ、どうして私をじっと見てたの？　言いたいことがあったら直接言ってくれたらいいのに。こんなの、調子くるっちゃうよ。

胸になにかがつっかえているような気がして、急におなかがいっぱいになってきた。おばあちゃんとお母さんが作るご飯はおいしいけど……。

「来週から、いよいよ夏休みねー」

「うん。朝、ゆっくり寝てられるだけでサイコー」

おばあちゃんと詩音が話している。

「詩音くん、その前に通知表は？　笑ってるってことは相当、自信あるの？」

お母さんにつっこまれて、詩音が「うえ」とヘンな声を出した。

「うー、せっかく忘れてたのにー」

みんなの笑い声を聞きながら、私は、いっぱいになったおなかをそっとさすっていた。

2 夏休みがやってくる。

七月十九日、今日は一学期、最後の登校日。

体育館での終業式が終わり、教室に戻ってくると、みんな、すっかり夏休み気分。今も、担任の柳沼先生を待つ間、教室は夏休みの話題で盛り上がっている。

この前、誕生日がきて、私は十四歳になったばかり。

十四歳の夏休み、という響きって、なんかいいなって思う。なにかが起こるという根拠はなにもないけれど、今までとはちがって、少し大人への階段を上ったような気がする。とにかく、十三歳と十四歳は、全然ちがう。

特別な夏になるといいな。

「どーしたんだよ。一人でニヤついちゃって」

隣の席に座っている詩音に話しかけられて、私は、ハッと我にかえる。

「ニヤついてなんかない！」

反論すると、詩音は「いや、してたよ。こんなふう」と言って、両手で自分の目尻を引っぱった。

「私、そんな顔してないし」

本当に詩音って子どもっぽいんだから。

私は、ふう、と息をついてから、言った。

「私が笑ってたらおかしい？　私はね、今、考えてたの。今年は、十四歳の夏休みなんだなって。十四歳だよ？　特別なかんじがしない？」

「はあ？」

詩音は、あきれたような表情をしている。そして、次の瞬間、うちわがわりにしていた下敷きで私の頭をはたいてきた。

「ちょっと！　静電気で髪が乱れるでしょ！　なにしてんのよ！」

「年だけで特別な気分になれるなんて、おまえ、詩人にでもなったつもりかよ。田代杏都の新作ポエム、タイトルは『十四歳の夏』」

詩音ったら「十四歳の夏」の部分は声色を高くしてふざけている。

もういい。こういう微妙な気持ちは、がさつな詩音にはわからないよね。

それにしても、詩音と、こんなに自然に話ができるようになるなんて、ここへ転校してきたときには思いもしなかった。

詩音は、女子が苦手で、ほかの男子が好んで見ている人気アイドルのグラビアや写真集を見ただけで赤面するほどだった。現実の女子ともあまりしゃべったり、あいさつすらしないので、私に話しかけてきたときは周りの男子が「事件だ」と大さわぎになったくらいだ。

あのころに比べたら、今の状態がウソみたい。詩音の女子ギライはどこかへ行っちゃったのかな。

「そういえば、詩音は今、十三歳？　十四歳？　どっちなの」

「じゅうさん」

詩音が言った。

「誕生日はいつなの？」

私は、詩音に聞いた。答えが返ってくるまでのわずかな時間で、私の頭は勝手に想像し始める。詩音のイメージからして、誕生日は、いつだろうって。

「……八月二十七日」

詩音が、ぼそっとつぶやく。

ふと下を向くと、事前に配られていた「夏休みの予定表」というプリントが目に入った。

「あ、詩音の誕生日って二学期が始まる日」

私が言うと、詩音が「そーだよ」と不満そうに言った。

「今年はたまたまそうだけど、夏休み中って年もあるから、だいたい、周りから忘れられるパターン」

あれ？　もしかして、ちょっとすねてる？

その様子に、私は、くっと笑いをこらえた。なんだ、年なんて関係ないなんて言いながら、自分だって誕生日のことは気にしてるんじゃない。

「ふーん。そっか。八月二十七日は星座でいうと……。あ！　乙女座だ」

詩音の顔が、さっと赤くなるのがわかった。たぶん「乙女」という響きが照れくさいのだろう。詩音は、うちわがわりの下敷きで、顔をばさばさあおいでいる。

今日で一学期が終わって、二学期、またこの席に戻ってくる日が詩音の誕生日。

「二学期、忘れてなかったら言ってあげる。誕生日、おめでとうって」

「言葉より、なんかうまいもんのほうがいい」

詩音らしいその返事に、私は笑ってしまった。

「みんな、おまちかね〜。今から通知表を配りまーす」

教室の戸がガラッと開き、通知表を抱えた柳沼先生が入ってくる。

数分後、詩音の絶叫が教室に響きわたった。

「うわあっ！　やっべー！」

通知表を見た詩音は、この世の終わりのような顔をしている。通知表を見せあうためにやってきた男子たちにも「こりゃひでえ」とか「まさか、ここまで悪いとは」とか、さんざんな言われようだ。

「詩音く～ん、これ見たら親はなんて言うだろうね～」

男子の一人がそう言って、ニヤニヤ笑っている。

「どうしよう……。おれ、この成績じゃ、今日、家に入れてもらえないかも……」

いい気味。さっき、私の頭を下敷きではたいたバチがあたったんじゃない？

それから、ホームルームと掃除をして下校時間になった。

「杏都ちゃん、いっしょに帰ろう」

私と同じく、『ここから商店街』に住んでいる竹本瑠奈が声をかけてくる（瑠奈のおうちは本屋さんなんだ）。

「うん。早く帰ろう。給食がないから、おなかすいちゃった」

「ねえ、杏都ちゃん。……詩音、大丈夫？」

私の隣の席では、通知表で大ダメージを受けた詩音が、撃沈、というかんじで机につっぷしていた。

「大丈夫、大丈夫。もとはといえば、自業自得なんだから！　詩音なんてほうっておいて、行こう、瑠奈」

瑠奈の手を引いて教室を出る。

昇降口で靴を履き替え、校舎を出て外へ一歩ふみだすと、ようやく一学期終了！

解放感でいっぱいなのはお互いにいっしょなのか、私と瑠奈は顔を見合わせてほほえんだ。

さあ、いよいよ夏休み！

その夜のことだった。教室で聞いたのと同じような詩音の絶叫が、私の部屋にまで聞こえてきたのは……。

私はパジャマの上にパイル地のパーカーを羽織ると、詩音の部屋が見える方向のカーテンと窓を開けた。

「うるさいなあ。静かにしてよね！」

詩音の部屋に向かって声を張り上げる。

私を見たとたん、詩音の顔がへらっとゆるんだ。まるで、飼い主を出迎える犬みたい。

え？　なにその顔、なにかたくらんでる?!

「ナイスタイミング！　神だ！」

詩音が「ははーっ」と私に向かって手をあわせ、拝むしぐさをしている。

「ばかじゃない？　なにしてるの？」

それに神って……。私は、あなたの神になった覚えはありません！

「頼む！　杏都！　スマホでおれの写真を撮ってくれ！」

手をあわせたまま、詩音は言った。

「写真？」

いったい、どうして？

そう思っていると、詩音がまた話しだした。

「通知表、見せたら、父ちゃんも母ちゃんもカンカンだよ。おまけに、じいちゃんとばあちゃんも参戦してきたから、おれ、もうボロボロ。この家におれの味方はいないのかってかんじだよ。夏休み中は、もっと勉強しろってスマホ没収された！」

「仕方ないじゃない。自分が勉強しなかったから悪いんでしょ？　詩音のおじいちゃんたちだって、詩音のためを思って叱ったんだから。来年は受験生なんだし」

「くそ、おまえもじいちゃんたちの味方かよ」

「もう、ふざけてるなら窓、閉めるけど」

「あーっ、待って！　そうだ、写真だよ、写真！　杏都、そっちからスマホのカメラでおれを撮って、それをメールでおれのスマホに送ってほしいんだ。なっ、いいだろ？」

「なにそれ。どうしてそんなのが必要なの？」

自分の写真って……。どんだけナルシストなのよ。詩音って、そういうキャラだった？

「それに、詩音、スマホ没収されちゃったんでしょ？」

「だ・か・ら！　頼んでるんだよ。このままじゃ記録がとぎれちゃうから」

「記録？」

「筋トレの成果の記録だよ。毎日スマホに記録してたんだ」

詩音の話を聞いているうちに、だんだんいやな予感がしてきた。

「あの、詩音……写真って、もしかして」

「撮ってくれるか？　おれの腹筋の写真」

詩音は、着ていたTシャツのすそを握り、それを脱ごうとしたので、私は急いでカーテンを引いた。視界から詩音は消えても、胸のドキドキはすぐにはおさまらない。

「あーっ、待ってくれ！」

姿は見えないけれど、詩音が叫んでいるのが聞こえてくる。

私はカーテンをぎゅっと握ったまま、言った。

「やるわけないでしょ、そんなの！　それに、私、詩音のメールアドレスなんて知らないいから！」

こうやって、窓越しに会話ができる私たちには、そもそもメールやメッセージアプリはあまり必要ない。

それにしても、いったいなに考えてるの、あいつったら！　前に筋トレ中、たまたま窓越しに目があったとき、上半身裸だった詩音は、私に「見るな。エッチ」なんて言ってきたのだ。こっちだって見たくて見たわけじゃないのに！

「助けてくれよ、スマホがない夏休みなんて終わってる！」

詩音の声を聞いて、私は、あいつってホント子どもって思う。ううん、私だって、子どもだけど。なんていうんだろ、詩音って無邪気だ。たとえば、私が詩音と同じ目にあったらどうするか……。成績が落ちて、親にスマホを没収されたら、ずーんと落ち込んで、部屋で膝を抱えて丸くなっているはず。

想像して、私は、自分と詩音のちがいにふふっと笑ってしまった。

なんだか、もっと知りたい。私と全然ちがうところでも、詩音のことなら、もっと知りたいと思ってしまう。

どうしてこんな気持ちになるんだろう。これって……。

珍しい生き物を見つけたから、観察したいっていう気持ちかも。うん、我ながら、ぴったりのたとえだ。

『詩音の観察日記』という夏休みの自由研究っぽいものを思いうかべて、私は、また一人で笑ってしまった。

3 月乃との再会。お父さんとも……。

夏休みに入って一週間が過ぎ、私は、元住んでいた家に一時的に帰ってきた。

帰ってきた次の日、妹の月乃と電車に乗ってやってきたのは、繁華街のファッションビル。

「おねえちゃん、このスカート、これと、これ。どっちがいいと思う？」

ギンガムチェック柄と、すそにバラの花柄がついているフレアースカートを見比べながら、月乃が言った。

「どっちもかわいいいんじゃない？　月乃が好きなほうを買ったらいいよ」

私は、店内をぼうっと見回しながら、言った。

ここは、いつ来ても、私たちのような十代の女の子たちでいっぱいだ。店内では大音量の音楽がかかっていて、接客してくれるショップ店員さんは、小さなころ遊んでいたきせかえ人形が人間になったような格好をしている。

「はあ。もういいや」

月乃は持っていたスカートをラックに戻してしまった。

「どうしたの？　買わないの？　今日は、上下トータルコーディネートでたくさん買うってはりきってたのに。月乃、まだブラウスしか買ってないじゃない」

さっき、月乃はノースリーブのブラウスを買った。首元がフリルになっていて、細いリボンタイがついているクラシカルなデザインだった。

「そういうおねえちゃんは？　買ったもの。マスキングテープ一個だけじゃん」

月乃は、つまらなそうにほおをふくらませた。

私は、さっき買ったマスキングテープが入っているショルダーバッグに視線を落とす。

地下にある雑貨屋さんで買った英字模様のマスキングテープは、私のファッション・スクラップブックを飾りつけるのにぴったりだと思ったんだ。これを使って、早くスクラップブック作りの続きをしたいな……なんて、ぼんやり考えていたせいか、すれちがう女の子が持っていた大きな紙袋が私の肩にドスンとあたった。

「あ、ごめんなさーい」

女の子が軽く頭を下げる。あやまらないといけないのは、周りをよく見ていなかった私のほうなのに、タイミングを失ってなにも言えないまま女の子は行ってしまった。

「おねえちゃん、ボーッとして、大丈夫？　暑いから疲れたとか？　少し早いけど、ランチにしようか」

「うん、そうしよう。そういえば、おなかすいたかも」

「もーっ、おねえちゃんの食いしんぼ」

二人で笑いあう。

今日の月乃、いろいろリードしてくれて、なんだかこっちが妹になった気分だ。離(はな)れて暮(く)らしているからわからなかったけど、月乃、前よりしっかりしたなあ……。

「ランチはパスタがいいな」という月乃のリクエストで、私(わたし)たちはファッションビルの最上階にあるパスタ屋さんへ向かった。

お昼になるまで、まだ少し時間があるせいか、パスタ屋さんへ行くとすぐにテーブル席へ案内された。

月乃は、タラコと大葉の和風スパ。私は、濃厚(のうこう)カルボナーラにした。

「なんだか、おねえちゃん、変わったね」

「え？」

月乃に言われて、私はフォークを持つ手を止めた。

「変わったって？」

「だって、いっしょに住んでたころのおねえちゃんなら、このビルへ来たら、おなかがすくのも忘れてお買い物に没頭してたじゃない。全部のお店の洋服をチェックしないと気がすまない！　みたいなかんじで。……おねえちゃん、オシャレへの興味、なくしちゃったの？」

月乃の声がだんだん小さくなっていく。私のことを心配してくれているんだ。

「そんなことないよ。私は、相変わらず洋服も、オシャレも大好き。実はね……」

私は『ここから商店街』にある古着屋さん『CHARGE』でひとめぼれしたワンピースのことを月乃に話した。今は、あれ以外の洋服は、あまり欲しいと思わないということ。あのワンピースを手に入れるために、よけいなお金は使いたくないということも。

「そうなんだ！　向こうにそんなにすてきなお店があるなんて、ちょっとびっくり。でも、よかった〜。おねえちゃん、どうしちゃったのかと思ったよ」

「私、そんなに変わったように見えた？」

「うん。やけにぼんやりしてるから、もしかして、好きなひとができて、恋の病にでもかかってるのかなーって」

「ごほっ」

月乃がいきなりヘンなことを言うから、私はパスタをのどに詰まらせそうになった。

げほげほとむせていると、月乃が水の入ったコップを差しだしてきた。

「ちょっと、おねえちゃん、大丈夫？　まさか、図星だった？」

水をごくごく飲んで落ち着いてから、私は「ちがうよ！」と否定した。

「そうだよね。前の学校で先輩の告白から逃げるために独身貴族宣言したおねえちゃんに、そんなことってありえないもんね」

月乃は笑っている。

「思いださせないでよ～。せっかく忘れてたのに」

「あはは。おねえちゃんの話はわたしの小学校にまで伝わってるよ」

「ウソでしょ……。ああ、もう、みんなの記憶を消してまわりたいっ！」

「記憶を消したら、紗那さんに忘れられちゃうよ。今回は会えなくて残念だったね」

「うん。でも、手紙もらってるから」

前の学校の友人、北条紗那からは、この前出した手紙の返事が届いた。紗那は、今年の夏休み、通っている水泳クラブの合宿でいそがしいみたい。だけど、手紙には「いつか絶対、杏都のいる『ここから商店街』に遊びに行くから！」と力強い字で書いてあって、私はそれだけで嬉しかった。

「おねえちゃん、お父さんのことなんだけどさ……」

月乃が、それまでとちがって声をひそめて話しだした。

「なんか少しヘンなんだよね。……お母さんとおねえちゃんが、柏のおじいちゃんのところへ引っ越してから」

「お父さんが？」

「うん。例の女のひととも、最近、会ってないのかな。帰りも早いの。あやしいでしょ」

私たちのお父さんは、お母さんという妻がありながら、つきあっている女性がいる。それが原因で両親は別居することになり、私は、母方のおじいちゃんの家へ住むことになったのだ。

別居する前のお父さんはいつも帰りが遅く、食事も外ですませてくるのがほとんどだった。

「もしかして……お父さん、今さら、お母さんの存在の大きさに気づいたのかな」

「まさか！」

月乃の指摘に、私はドキッとした。

それって、お父さんの心にまだお母さんのことが残っているってこと？　しかも、離れてみて、そのたいせつさに気づくなんて……。なんて自分勝手なんだろう。お父さんに対する怒りが一気にわきあがってきた。

だったら、もっと早く、いっしょに住んでいるときに気づいてくれたらよかったのに。そうしたら、私とお母さんは引っ越しなんてしなくてもすんだのだから。

「だけど、よかったよね。おねえちゃん」

月乃の声で、ハッと我にかえる。

「え、なにが？」

「なにがって……。もし、お父さんの目が覚めたら、お母さんとおねえちゃんをこっちに呼び戻すに決まってるでしょ。まだ離婚したわけじゃないんだし。別居の話が出たときは悲しかったけど、お父さんとお母さんのためにはよかったのかもしれないね」

「うん……」

私、どうしたんだろう……。

前に住んでいた家に戻れるかもしれないと聞いたとき、嬉しいというよりも、とまどっている自分がいた。

胸が、ざわざわする。

不安が水にたらしたインクのように、じわっと心のなかにひろがっていくのを感じた。

もし、引っ越しをしなかったら、私は、ずっとこの街にいた。お気に入りのショップも、SNS映えする話題のイベントも、そのほかにも日本中のひとが目的を持って集まって、毎日がお祭りのように、にぎわっている、なんの不自由もない、この都会。だけど……。

だけど、この街には、あいつがいない。

私の心に、すうっと、思いうかんできたのは詩音だった。

詩音がいる『ここから商店街』は、流行のお店がひしめきあっているこの街とは比べものにならないくらい小さくて、ひとが少ない。だけど、ひとつひとつのお店をのぞいてみれば、そこには、あったかい心を持つひとが毎日お客さんを待っている。引っ越してきたときは、こんなにさびれた田舎に住むなんて……と、がっかりしていた私も、今では『ここから商店街』が好きになった。さっきも、月乃に、以前より洋服を買わなくなったと言われて、お目当てのワンピースがあるから、と話した。それは本当だけど、実は、それがすべてじゃなかったりする。

私、早く帰りたいんだ。『ここから商店街』に。今だって、私がこうしている間、おじいちゃんたちが仕事をしている『和菓子のかしわ』はどうなっているかとか、友人の瑠奈はなにをしているんだろうとか、スマホを没収された詩音はあの後どうしたのかなとか、『ここから商店街』のみんなのことが、つねに頭の片隅にある。

ランチの後、月乃といろんなお店を見てまわったけれど、どんなにかわいい洋服や靴も、この日の私の心には響かなかった。

家へ戻り、夕ご飯は、月乃といっしょになにか作ろうね、と話していた。それなのに、料理にとりかかる前に早々とお父さんが帰ってきた。

「ただいま。杏都、月乃、お寿司を買ってきたから、これで夕飯にしよう」

時計を見ると、まだ夕方の六時半だ。なにを作ろうかと料理の本をめくっていた私と月乃は「信じられない」と目をあわせた。

お父さん、私、月乃、三人の食卓。ぽっかり空いたお母さんの席が切ない。

「月乃、今日は、杏都となにをしていたんだい？　久しぶりにいっしょに遊べて、嬉しかっただろう？」

お父さんに聞かれても、月乃はむっつりだまったまま、お寿司を食べている。このまま話す気がなさそうなので、私がかわりに「ショッピングして、ランチにパスタを食べたよ」と言った。

それから、お父さんは、私に向かって「転校した学校はどう？」とか「友だちはできたかい？」なんてことを聞いてきたけど、どれも、よくある質問だった。

……本当に聞きたいことは、私のことなんかじゃなくお母さんのことじゃないの？

心のなかで思ったけれど、そんなことを口にしたら、食卓はますます気まずくなるだろう。

私は、お父さんの質問に答えるだけにして、自分からの発言は控えた。

「杏都が帰ってきたから奮発して高いお寿司にしてよかった。さすが、うまいな」

お父さんが笑っても、月乃の無言のパワーはそれさえもはね返すほど強い。

「う、うん。この、うになんて特においしいよ……」

私は、月乃をチラッと見ながら言った。だけど、こんな状況じゃ、味がどうとか、もうわからないよ！

お母さんと私のいないこの家は、いつもこんなかんじなの？

私は、だんだんお父さんと月乃が心配になってきた。

お父さんは、さっきから必死に月乃の機嫌をうかがっているように見える。だけど、どんな会話をなげかけても、月乃のほうが見えないシャッターをぴしゃりと閉めているようでとりつくしまもない。

「ごちそうさま」

お寿司を食べ終わると、月乃は、さっと席を立った。

「月乃、デザートにフルーツゼリーも買ってきたんだよ。お茶をいれて、みんなで食べよう」

お父さんが言った。

「いらない。もうおなかいっぱい。明日食べるから、冷蔵庫にしまっておいてよ」

月乃は早口で言うと、自分の部屋がある二階へ行ってしまった。

お父さんが、ふう、と肩を落とす。

「……月乃って、いつもあんなかんじなの？」

私は、お父さんに向かって聞いてみる。

お父さんは、苦笑いを浮かべながら話し始めた。

「今日は、特に機嫌が悪いかな。こっちの言うことを素直に聞いてくれるときもあるんだけどね。……まあ、それはだいたい、欲しいものがあったり、おこづかいを値上げしてほしいときだったりするけど」

「だめじゃん、そんなの。お父さん、月乃が怖いから言うことをなんでもかんでも聞いてるんじゃないでしょうね？　お母さんだったら、そんなわがまま許してくれないよ」

お母さん、と口にしてしまってから、私は、ハッと口をおさえた。

「……月乃が、お父さんにあんな態度をとるのは、今まで家のことをおろそかにしていた証拠だな。お母さんは、元気でやってるかい？」

やけにしんみりした口調で言うお父さん。

そんな態度みせたって、私は「かわいそう」なんて思わないんだから！

私は、弱ったお父さんに惑わされないように心を引きしめて、言った。

「お母さん、おじいちゃんのお店を本格的に手伝うようになったんだよ。毎日、お店に立って、そのうえ家事までしてるんだから、すっごくいそがしいんだよ」

「理恵子が？」

今度は、お父さんが、ハッと口をつぐんだ。

私は、その様子にドキッとしていた。

理恵子。

お父さんが、お母さんのことを名前で呼んだのを聞いたのは、生まれて初めてのことだった。私の前で、二人はいつもお互いを「お父さん」「お母さん」と呼びあっていたから。

だけど、二人とも初めから「お父さん」と「お母さん」だったわけじゃない。私と月乃が生まれたから、二人はそうなった。

じゃあ、そうなる前は……。

名前で呼びあっていたんだ。お父さんが、お母さんの名前を口にしたその瞬間、過去のお父さんに出会ったみたいで、すごくふしぎな気持ちになった。そのころ、お父さんは、きっとお母さんのことを愛していたから……。

「あ、いや。お母さんが、働いているなんて驚いたな。その……結婚してからは、ずっと家にいたからね……」

気まずいのをごまかすように後頭部をかきながら、お父さんが言った。

ずっと専業主婦だったお母さんが働き始めたことは、お父さんにとって衝撃の出来事だったらしい。その驚きぶりを見て、よくわかった。

お寿司を食べ終えると、お父さんは、お風呂に入って休むと言いだした。

「デザートは、明日でも大丈夫だから、お父さんの分も杏都と月乃が食べていいよ」

「うん……」

心が、サイズのあわないきゅうくつな洋服を着せられたみたいに苦しい。

夕ご飯の後片づけをすませると、私は二階の自分の部屋へ行った。

ドアを開けると、引っ越す前となにも変わっていない自分の部屋がそこにあった。母方のおじいちゃんの家へ行くときは、着替えなど必要最低限のものだけ持って出てきたのだ。机やベッドなどの家具は、みんな、そのままここに残してある。

ベッドに横になると、懐かしい感覚がよみがえってきた。

こうしていると『ここから商店街』で過ごしたことは、全部夢だったんじゃないかと思えてくる。

──「おーい、杏都ー、いるかー？」

一瞬、詩音の声が聞こえた気がして、がばっと身を起こし、窓を見た。

……なにやってるの、私。詩音がここにいるわけないのに。

窓には、ミントカラーの無地のカーテンがかかっている。柏のおじいちゃんの家の、フルーツ柄の派手なカーテンが恋しくなってきた。そして、そのカーテンを開けると、隣の家の詩音の部屋が見える……。

やだ、私、詩音のことばかり考えてる。どうして？

こんなことを考えるのは、きっと、詩音のことじゃなくて『ここから商店街』に帰りたいっていうだけで、あいつとは関係ない、きっと、そうだ……。

だけど、そうやって自分を納得させると、なんだか心にしこりのような違和感が残ることに気がついた。

私……なんだか、ヘンだ。どうしちゃったんだろう。

枕にぎゅっと顔を押しつけ、目をつぶる。すると、部屋のドアがノックされた。

「……おねえちゃん、入っていい？」

月乃だ。

「いいよ」と言うと、静かにドアが開き、月乃がなかへ入ってきた。

「わかったでしょ？　この家の息苦しさ」

ベッドのそばに腰をおろした月乃は、膝を抱えながら言った。

「ずっと、お父さんと二人だけなの？」

私がたずねると、月乃は首を小さく横に振る。

「ううん。たまに、おばあさまが来て家のことをいろいろやってくれてる。この前も、おねえちゃんが帰ってくるって言ったら、ベッドのシーツとか洗濯してくれたんだ」

「ふうん、そうなんだ」

やっぱり。シーツや枕カバーから、ほんのりと柔軟剤のいいかおりがしたから、そうじゃないかと思っていた。

おばあさま、というのは父方の祖母。お父さん以外の跡継ぎがいなくて、田代家が途絶えてしまうことをなげいていて、私と月乃のどちらかに将来はお婿さんをもらってもらおうなんて、とんでもないことを考えているのだ。

「この家がいやだったら、月乃も私みたいにお母さんと暮らす？　私は月乃がいたら嬉しいけどな。最初は二人でお母さんについていこうって話してたんだし。柏のおじいちゃんもおばあちゃんも歓迎してくれるよ」

そう言うと、月乃は、ぐっとくちびるをかんだ。

しばらく沈黙が続く。やがて、月乃は意を決したように、まっすぐな瞳で私を見た。

「おねえちゃん……。ばかにしないで聞いてくれる？　笑わない？」

「なあに？　話す前からそんなこと」

「……話すの、すごく緊張するんだから」

月乃の声が、かすかにふるえている。

「わかった。笑ったりなんかしないから。ゆっくり話してよ」

私が言うと、月乃は「うん」とうなずいた。

「わたし……好きな男子がいるんだ」

月乃のほおがみるみるうちに赤くそまっていく。ふるえながら話すその様子は、ぎゅっと強くにぎったら壊れちゃいそうに繊細な、ガラス細工のようだ。

「その子がね……中学受験することがわかったんだ。それで、わたし……いっしょの中学校に進学したくて……。すごくレベルの高い学校だから、小五の今から勉強しても間にあうかどうかわからないけど、挑戦しなかったら一生後悔すると思ったから……」

「だから、私といっしょには行けないって言いたかったんだね」

私の言葉に、月乃がうなずく。

ああ、私の予感はあたっていたんだ。

お父さんとお母さんが別居するときに、転校したくないからここに残ると言った月乃。私は、好きな子でもいるのかな、と思っていた。だけど、ただ恋をしているだけじゃない。月乃は、恋をすることによって次の目標も見つけた。そして、それに勇気を持って挑戦しようとしている。私の予感をはるかに上回ることを、月乃は決意しているんだ。

月乃がめざしているという学校の名前を聞いて、私はさらにびっくりした。

「すごいところじゃない！　このあたりでも学力はトップレベルの学校だよ」

「無謀だよね……。ばかみたいって思ってもいいよ」

「そんなこと思ってない！」

思わず声が大きくなってしまい、月乃の肩がびくっと上下する。

「あ、ごめん。だけど、本当にそんなこと思ってないよ。むしろ、すごいって思ってるし、がんばってほしい」

言いながら、私は、自分が七夕の『ほしぞら祭り』のときに書いた短冊を思いだしていた。

――『ばかみたいって言われてもいいよ』

あれは、私の決意表明。

これから先、なにかしたいことを見つけたとき、それがほかの誰かに「ばかみたい」と言われることだったとしても自分の思いを堂々とつらぬいていく。そういうひとになりたい。

月乃は、私よりも先にそういうことを見つけたんだ。

「私は……月乃をばかみたいだなんて思ってないよ。だけど、もし、誰かからそう言われても、自分で決めたことを大事にしようよ。ね？」

月乃に向かって話していたけど、まるで自分自身に言い聞かせているみたいだ、と私は思った。

私は、見つけられるだろうか。誰になんと言われても、つらぬきたいことが……。

「だったら、なおさら、お父さんともっと話をしなきゃね」

私が言うと、月乃は、ハッと顔を上げた。

「月乃は、もとから優秀だけど、これから、塾とか家庭教師とか、もっと勉強がしたいんじゃない？　どうしても、お父さんのサポートが必要だよね。今のままじゃいけないって、自分でも気づいているんじゃない？」

「…………」

月乃は、じっとだまっている。

「お父さんに助けてもらうことを負い目に感じることないよ。むしろ利用しちゃえ！　そう考えたら、少しは気が楽じゃない？」

「利用って……。おねえちゃん、腹黒！」

ふっと場の空気が和み、私たちは笑ってしまった。

「利用するって言い方はちょっとキツいか。でも、月乃がもっと学びたいんだって話したら、お父さんは喜ぶと思うよ。前も、私たちに塾に行けって言ってたくらいだし」

「その動機が、好きな子と同じ学校に行きたいから、でもいいの？」

「いいじゃない！　もっと堂々としてようよ」

「おねえちゃん、やっぱり変わった……」

月乃の言葉に、私は「え？」とつぶやく。

「なんだか、おねえちゃん、優しくなった。前だったら、恋バナも興味ないから聞きたくないって、そういうかんじだったのに。おねえちゃんこそ、本当は、向こうで好きなひとができたんじゃないの？　ね、そうでしょ。だから優しくなったんだ」

「なんでそうなるのよ。話が飛躍しすぎ」

私は月乃のおでこを指でピンッとはじいた。

「私は、もともと優しいの。そうでしょ？　わが妹よ」

「そうですね、おねえさま」

ふざけあって、ぷっとふきだす私たち。

「ああ、おねえちゃんにいろいろ話したらすっきりした！」

部屋に入ってきたときより、ずっとやわらかい表情になった月乃が言う。

「向こうに戻っても、なにかあったらスマホにメッセージちょうだいよ。遠慮しなくていいから」

「うん。ありがと。あっ、メッセージもいいんだけどさ、おねえちゃん、引っ越してから、SNSを全然更新してないでしょう。わたし、ひそかにずーっと見て待ってるんだよ。おねえちゃん、今なにしてるかなーって。たまには更新してよ。わたしを安心させるためにも」

「えっ、うーん。じゃあ、なるべく更新する」

ＳＮＳなんて、実は存在すら忘れていた。だけど、ちがう言い方をすれば、ＳＮＳをやる時間もないほどに引っ越してからの日々は自分にとって精いっぱいだったということかもしれない。

「ふあ、ホッとしたら一気に眠くなっちゃった。おねえちゃん、おやすみー」

「おやすみ」

月乃が出ていき、パタン、とドアが閉まる。

私は、はあっと、ふたたびベッドに横になった。

月乃、恋してるんだなあ。

――「おねえちゃんこそ、本当は、向こうで好きなひとができたんじゃないの？」

さっき、月乃が言ったことを思いだす。

私に、好きなひと、か。

自分は絶対にひとを好きにならない、恋なんかしない、とかたくなに決めていた以前の自分とちがって、今の私は、なにが起きても受け止めよう、自分をこうだと決めつけないでいようと思っている。

だけど、本当は、自分が恋をしている姿なんて、まだ想像がつかないという気持ちもある。

月乃は、私が「変わった」と言ったけれど、自分ではよくわからない。

どんなにすてきな洋服を着ていても、その姿は鏡にうつしてみないと、自分ではちゃんと見えない。

私はベッドから起き上がると、部屋に置いてある全身がうつる鏡の前に立ってみた。

どうかな。私、前と変わった？

だけど、洋服のコーディネートとちがって、鏡を使ってもそれはよくわからなかった。

4 瑠奈のファッション開拓計画！

元住んでいた家で四日間の滞在を終えて、私は『ここから商店街』に帰ってきた。

新幹線を降りた後、在来線に乗り換えて一時間。やっと最寄りの駅に到着。

ホームに降り立ったとたん、都会とはちがう澄んだ空気が私を出迎えてくれる。

改札に立っている駅員さんに切符を渡していると「杏都ちゃーん」という声が聞こえてきた。

「瑠奈！　アイアイも！」

『ここから商店街』に住む女子二人が駅の待合室で手を振っている。

「嬉しい。二人とも迎えに来てくれたの？」

「杏都ちゃんのお母さんに聞いたの。今日、三時ごろに帰ってくるって」

瑠奈の肩を、アイアイ（本名は、相沢令子）がつっついた。

「あれ言わなきゃ、瑠奈」

「あ、そうだった。杏都ちゃん。昨日『CHARGE』の串本さんが海外から帰ってきたんだよ。お店のなか、仕入れてきたお洋服でいっぱいになってる！」

「ホント？　うわあ、見に行きたい！　すごくワクワクする〜！」

思わず胸に手をあてて感激する私を見て、二人がくすっと笑う。

「杏都ちゃん、早く荷物を家に置いてきたら？　あたしたちも手伝うから！　そうしたら、そのまま串本さんのお店に直行しない？」

そう言ったのはアイアイ。

アイアイは、イタズラを考えている小さな子どものような笑みを浮かべ、さらに、こう続けた。

「前から話していた、瑠奈のファッション開拓計画！　やろうよ〜！　串本さんのお店で使えそうなアイテムを探しに行くの！　あ〜！　早く瑠奈を変身させたーい！」

「なるほど。それで二人は私を迎えに来てくれたんだ」

私は言った。

前から話していたのだ。

夏休みは、瑠奈のファッション開拓をしようよって。

ファッションやオシャレが好きな私とアイアイを見て、瑠奈が「わたしも、二人みたいにおもいきった服装をしてみたいけど、どうしたらいいかわからないんだよね」と言ったのが、ことの始まり。

「アイアイだけじゃ心配だけど、杏都ちゃんもアドバイスしてくれるなら安心して身をまかせられます」

瑠奈が言うと、アイアイが「ちょっとおー」と、がくっとうなだれる。

「なにそれ〜。あたしのセンスじゃ心配って、ひどーい」

個性的なファッションが好きなアイアイは、今日も、ひときわ目立つ格好をしている。ピンクのTシャツにミントグリーンのミニスカートはどちらも白を混ぜたようなミルキー系。ゆるめのTシャツから片方の肩を出して、インナーのボーダー柄のタンクトップをチラ見せしている。あわせた黒のレギンスは、両サイドに二本の白いラインが入っているスポーティなタイプ。さらに、厚底のサンダルには、ふわっふわのファー付き！　夏なのに！

「あ、このサンダルね。なにもついてないただの無地の厚底サンダルに、むかし、ママが着ていた服についてたファーだけもらってくっつけてみたの」

私の視線に気づいたアイアイが、そう話してくれた。

「ん〜、でも、やっぱし夏にファーはちょっと暑かったかな〜。実は、今も汗でファーが肌にはりついてるの」

へへっと笑うアイアイにつられて、私と瑠奈も笑った。

アイアイが身につける洋服のテイストは、私の好きなそれとは、まったく異なる。だけど、私はアイアイのファッションを見るのが好き。初めて見たときから、すてきだなと思っていた。それは、きっとアイアイが、自分の好きなものを堂々と着こなしているからだ。全身からあふれている「好き」のパワーに、こっちまで元気をもらえる。

「杏都ちゃん、荷物持つの手伝うよ」

私のボストンバッグを持とうとする瑠奈を、あわてて止める。

「あ、それ特に重いから！　私、自分で持つ！」

そう言ったのに、瑠奈は「へーき、へーき」と言って、ボストンバッグの持ち手をひょいと肩にかけた。

「わたし、けっこう力持ちなんだ」

「そうそう、瑠奈って体育のスポーツテストの握力すごいもんね～」

「ちょっと、それ言わないで！　微妙に気にしてるんだから」

三人で笑いあっていると、ああ、私は自分が生活している場所に帰ってきたんだという気持ちになって、ホッとする。大人は、よく「自分が育ったふるさとはいいね」って言うけれど、私にとって、ここがそういう場所なのかな。生まれて、十三歳まで過ごした都会よりも安心しているなんて、おかしいのかな。

「瑠奈、アイアイ。私、二人におみやげ買ってきたの。かわいいマスキングテープ」

私が言うと、二人は「やったー」「嬉しい！」と声をはずませている。その様子を見て、私まで嬉しくなる。月乃とショッピングへ行ったときに買ったマスキングテープ。あの後、瑠奈とアイアイのおみやげにしたいって思って、もう一度買いに行ったんだ。

三人で私の住んでいる『和菓子のかしわ』へ行き、荷物を置いた。

お店では、おばあちゃんが店番中。おじいちゃんとお母さんは配達へ出かけていて、いなかった。

帰ってきたばかりだというのに、すぐ出かけるという私に、おばあちゃんは「あらあら」と笑っている。

「夕ご飯までには戻ってらっしゃいね」

「はーい。いってきまーす」

おばあちゃんに返事をして、外へ出ると、同じくちょうど出かけようとしていた隣の家の詩音とばったりはちあわせした。

「お！　帰ってきたのかよ」

ドキン！

その瞬間、心臓をわしづかみにされたような、そんな感覚に陥った。

その後も、まるで発表の前、自分の順番がまわってくるのを緊張して待っているときのように心臓はドキドキと高鳴っている。

なにこれ。

私、詩音なんかに緊張してるの？　久しぶりに会うから？　いったい、どうして……。

思わず詩音から、顔をそらしていた。いっぽう、詩音は、私のことは特に気にも留めず、いっしょにいた瑠奈とアイアイに話しかけている。

「おまえたち、どこに行くんだ？」

詩音に言われて、アイアイは「ひみつ〜」と笑った。

「これから先は男子禁制なのでーす」

「は？　なんじゃそら」

「詩音こそ、出かけるんでしょ。どこに行こうとしてたの？」

瑠奈に聞かれて、詩音はつまらなそうに頭をかいた。

「スマホ没収されたから、もうひまでひまでしょうがなくてさ。体鍛えるのにプールでも行くかなーって」

そう言われてみれば……詩音は学校でも使うプールバッグを肩からさげていた。

「あっ、杏都！」

詩音が私の名前を呼んだ。

「考え直してくれよ～。写真のこと！　おれ、やっぱり記録がとぎれるのがいやなんだ」

「知らない！　そんなの、絶対にやらないって言ったでしょ！」

私は詩音にくるっと背を向け、走りだした。

「あ、杏都ちゃん、待ってー」

瑠奈とアイアイが私に続く。背後で詩音の「おいっ」という声が聞こえたけど……もう、知らない！


『ＣＨＡＲＧＥ』に着くと、瑠奈とアイアイが言ったとおり、店内は串本さんが買いつけてきた洋服でいっぱい！　店内を見回しながら、私は、さっきから「わあ～」とか「はあ」というため息が止まらない。

「このスカート、かわいい……」

ハンガーラックにかかっていたスカートを手にとる。見ているだけで元気が出てきそうなレモンイエローのタイトスカートは、かぎ針編みのコットンニット製。膝より少し長めの丈も大人っぽくてすてきだ。

だけど……。

私の頭に思いうかんでくるのは、初めてここへ来たときにひとめぼれした、あのワンピース。やっぱり、どんな洋服よりも、あのワンピースが今はいちばん欲しい。私の心は変わらなかった。

「杏都ちゃ～ん、これこれ。瑠奈にどうかなあ」

アイアイの声で我にかえった私は、スカートを元の場所に戻した。

「どれ？　見せて」

「じゃーんっ！」

アイアイが差しだしたＴシャツは、２Ｌサイズくらいのビッグなもの。しかも、全体に派手な宇宙柄がプリントされている。かなり大胆なデザインに、洋服が好きな私でも面食らってしまう。

「ビッグバン！　ってかんじでいいでしょ～」

アイアイはそう言うけれど、これは瑠奈のイメージとはちがいすぎ！

「それ自分が欲しいんでしょ、アイアイ」

瑠奈に言われて、アイアイは「えへへ……バレたか」と照れ笑いしている。

「これをワンピースみたいにして着て、キャップとリュックをあわせたらかわいいかなーって思ったんだ。う～、欲しくなってきた。迷うなあ。串本さん、これ、とりあえずキープします！」

アアイに言われて、串本さんがTシャツをレジのそばにあるハンガーラックにかけた。今日の串本さんはお店にあるミシンでなにやらいそがしそうに作業をしている。ここに置いてあるミシンは足踏みタイプのレトロなミシン。私には、どういう仕組みなのかよくわからないものを串本さんはらくらくと使いこなしている。

「アイアイはいいよね。着たい服がすぐに見つかるんだから」

瑠奈が、ふうっと肩を落とす。

「瑠奈は、どんなコーデがしてみたいの？」

私は、瑠奈に向かって聞いた。

「うーん。おもいきった格好に憧れはするけど、わたしのキャラにあうかって思うと、いやいや、ちがうなーって思いとどまっちゃうんだ。だけど、かわいい格好もしたい。わたし、小学生のころからいつもこんなかんじだし……」

そう言って、自嘲ぎみに笑う瑠奈。

「でも、瑠奈が今しているコーデも、すてきだと思うよ」

私が言った。

今日の瑠奈は、紺色のTシャツにベージュのチノスカートをあわせている。清潔感があって、瑠奈らしい。それに、Tシャツの袖がさりげなくパフスリーブになっているところが女の子っぽくていいと思う。

「えー、なんかおばさんくさくない？」

「そんなことないよ。……あ！」

さっきのスカート！

私の頭にぱっとコーディネートがひらめいた。さっき、かわいいと思ったニットスカートをふたたび手にとって瑠奈の体にあててみる。

「これ！　このスカートがいいと思う！　今、瑠奈が着ているTシャツにもあうよ」

後ろで見ていたアイアイも「わあ」と声をあげた。

「きれいな色だねー。さわやかで瑠奈っぽい。レモンの香りがしてきそうだよ～」

「でしょ？　瑠奈に似合うよね」

私とアイアイは大絶賛。

瑠奈はニットスカートをじいっと見た後、ぽそっと言った。

「……こんなにかわいいスカート、わたしなんかがはいて大丈夫なのかな」

「なに言ってるの！　大丈夫に決まってるよ」

私は、思わず大声で答えていた。

「わたしなんか、じゃないよ。瑠奈だから似合うんだよ」

横でアイアイも、うんうんとうなずいている。

「瑠奈はかわいいよ〜。あたしは、どんな子にも、その子しか持ってないかわいさってあると思うんだよね〜。だから、かわいくない子なんていないのだっ」

「アイアイ、よく言った。私も同じ。そう思う」

それまで聞こえていたミシンのガタガタ……という音がやみ、串本さんが私たちの前に出てきた。

「瑠奈さん、試着だけでもどうかな？」

そう言って、奥にある試着ルームを手で示す串本さん。

「でも……」

まだ迷っている瑠奈の肩を、私は、ぽんっと叩いた。

「大丈夫。串本さんは押し売りみたいなことは絶対にしないから！　ここはどこよりも楽しく安全に洋服が買えるお店だもん」

「杏都ちゃんがそう言うなら……。うん。とりあえず、試着してみる」

瑠奈はスカートを持って試着ルームへ入っていった。

しばらくして、試着ルームのドアが開く。

「わあっ」

私とアイアイの歓声がぴったりそろう。

「瑠奈、かわいい～」

アイアイがその場で「ん～！」と足をバタバタ動かしている。

「こんなにハッキリした色の洋服、着たことないから緊張するよ」

瑠奈は、ほおをほんのりピンクにそめながら言った。だけど、とまどっているその姿も含めて、かわいいって思っちゃう。すてきな洋服って、もとからかわいい女の子をもっと魅力的に見せてくれる魔法みたい。だから、私は洋服が、オシャレが大好きだ。

全身がうつる鏡の前で自分の姿を見ていた瑠奈が「うん」とうなずいた。

「……決めた！　わたし、このスカート買う」

さらに、瑠奈は「スカートにあわせるＴシャツも欲しいな」と言ったので、みんなでわいわい言いながら選んだ。そうして、瑠奈は、レモンイエローのニットスカートと、白のレース付きリメイクＴシャツを購入した。

「杏都ちゃんは？　なにも買わないの？」

例のビッグバンＴシャツを購入したアイアイが、私に向かって聞いてきた。

「あ、私は……」

答えにつまっていると、それを見ていた串本さんがアシストしてくれる。

「杏都さんは、取り置きしてる洋服があるんだよね」

あのワンピースのことだ。

「えー、なにそれ。なんかめっちゃかわいい洋服っぽい！　見たい、見たーい！」

アイアイがさわぎだす。

「杏都ちゃんが選んだ洋服なんだから、きっとかわいいよね。買ったら、わたしも見たいな」

ほほえむ瑠奈に、私は静かにうなずいた。

「うん。そのときまで待ってて」

私は、どんなときにあのワンピースを着たいと思うのだろう。今までは、お気に入りの洋服を買ったら、すぐにどこへ着ていこうか思いうかんだ。カフェや、イベント、コンサート……。だけど、あのワンピースは、もっと特別なときに着たい。たった今、私はそう思った。

もっと特別なとき。そう、たとえば、ほかの誰にもまねできない「私だけの出来事」が起こるそのときに着ていたいのだ。だけど、そんな出来事っていったいいつ？　そして、どんな出来事なんだろう？

いつか起こるその出来事を思うと、私の胸はトクトクと心地いいリズムを刻む。洋服がくれる、ときめき。これに、私はずっと救われてきたんだ。

「そういえば、さっき、詩音、記録がどうとか言ってたけど、杏都ちゃん、あれなに？」

瑠奈に聞かれて、私は、ハッと我にかえる。

「べ、べつに！　なんでもないよ。詩音、一学期の成績が悪かったから、両親にスマホを取り上げられたの。それで、さわいでるだけ」

動揺して声が裏返ってしまった。だって、まさか、腹筋の写真を撮るように頼まれたなんて、瑠奈たちには言えない。二階の窓から、筋トレ中、上半身裸の詩音を見たことも、私だけのひみつだ。

「なるほどね。でも、詩音にはいい薬になってるかも。スマホなしの生活」

あきれたように瑠奈が笑う。

「詩音もさ〜、ちょっと洋服のコーデをどうにかしたら、今よりもかっこよくなりそうだよね〜」

突然、アイアイがそんなことを言いだしたので、私はびっくりした。

「詩音が？」

「うん。素材はいいのにもったいないと思うんだよねー。詩音は、特撮ヒーローの主人公っぽいとこあるし。それなのに、今日の格好見た？　普通のTシャツに学校のジャージのハーフパンツだよ！　外出するのに学校のって！　いくらプールに行って水着になっちゃうとはいえ、無頓着すぎ。オシャレ成績表は五段階のうち二ってかんじ」

アイアイの分析に、瑠奈が「あははっ」と笑っている。

「そうだ！　杏都ちゃん、家が隣なんだし、詩音にもファッションアドバイスしてあげたら？　ほら、わたしにやったみたいに」

瑠奈が言った。

「わ、私が？」

ドキッと心臓が高鳴る。

私が、詩音のファッションにアドバイス……。一瞬、詩音といっしょにショッピングするところを思いうかべて、いやいや、ありえない！　と想像を消した。

「私は、女の子のファッション専門だから」

そう言って、ごまかす。この話題はおしまいにしてほしい。だって、さっきから、私、心臓はドキドキしっぱなし。だんだん顔も熱くなってきた。

やっぱり私、最近、ちょっとおかしいかも。

町のスピーカーから、『夕焼け小焼け』のメロディが流れてきた。夕方六時の合図だ。

「あ、もうこんな時間！　わたし、帰らないと」

瑠奈が荷物をささっとまとめた。

夏は夕方になっても、まだ外がじゅうぶん明るい。だから、夢中になっていると時間がたつのを忘れてしまう。

帰ろうとすると、串本さんが「あ、忘れてた」とつぶやいた。

「瑠奈さんとアイアイちゃんには、これをあげないとね」

串本さんがレジ台の下から取りだした、手のひらサイズの小さな手帳のようなものを、瑠奈とアイアイは受け取っている。

「お買い物してもらったから、シールもどうぞ」

串本さんから受け取ったシールを、二人は手帳にぺたりと貼りつけた。

なんだろう、あれ。

呼ばれていない私には、どうやら関係のないことらしい。仕方ないので、瑠奈とアイアイが持っている手帳を横目で見ながら様子をうかがう。そんな私に気づいたのか、串本さんがこっちを見て、言った。

「杏都さんも欲しいかな？　シールは、買い物したお客さんにしか渡せないんだけど、手帳だけなら持っていってよ。はい、どうぞ」

「あ、どうもありがとうございます……」

手帳を受け取りながら、ちょっと恥ずかしくなる。私、物欲しそうに見えたのかな。

「えーっと……『おさんぽ・おかいものラリー参加手帳』？」

手帳の表紙に書かれた文字を声に出して読むと、瑠奈が「あっ」と声をあげた。

「そっか！　杏都ちゃんは、このイベント、初めてだよね。これ『ここから商店街』の夏のイベントなの。『おさんぽ・おかいものラリー』っていって、商店街のお店で買い物や食事をすると、シールがもらえて、それを集めて懸賞に応募しようっていうキャンペーン」

瑠奈がそう説明してくれた。

私は、もらった手帳をめくってみる。そこには、懸賞であたる景品の一覧表があった。

「すごい。一等は『有名テーマパークペアチケット』だって」

場所は明記されていないが、ネズミのキャラクターのシルエットを見れば、どこだかはすぐにわかった。

「あたし、一等狙ってみようかな〜」

「本当にあたるのかな？　わたし、ずっと商店街に住んでるけど、あたってるひと見たことないよ」

アイアイと瑠奈の話を聞いていた串本さんが、ぷっとふきだした。

「それは大丈夫。景品は、商店街の組合でちゃーんと用意してあるから。ぼくがこの目で見たから保証するよ」

「そうでしたか……。疑ってすみませんでしたぁ」

瑠奈の顔が、かーっと赤くなった。

「まあ、毎年、やってるけど、実際にシールをためて応募するところまでいかないんだよね〜、こういうのって」

アイアイの言葉に、私と瑠奈はそろってうなずいた。

シールやポイントを集めて応募する懸賞にありがちなパターンだ。

「商店街の組合でも話していたんだけどね、懸賞っていうよりは、これをきっかけに商店街をさんぽして……町歩きを楽しんでもらうのが本当の目的みたいだよ。ここ最近は、人口も減ってきてるから、それに伴って参加者が伸び悩んでるんだって。ぼくも、商店街の一員として、盛り上げるために、なにか考えないとなあ」

串本さんが言った。

「でも、今年は参加者が増えそうじゃない？　ほら、手帳とシールにココちゃんのイラストがついてて、なかなかカワイイかも」

アイアイがイラストの黒ネコを見て言った。

「ココちゃん？」

私は首をかしげる。

「ココちゃんは『ここから商店街』のイメージキャラクターなんだよ。あ、杏都ちゃんはまだ知らなかった？」

瑠奈の話に、私は「うん」とうなずく。

「今、初めて知ったよ。でも、かわいいね。ココちゃん」

「本物のココちゃんもいるんだよ。『ここから商店街』では、かわいそうなノラネコを増やさないように、避妊手術をして、町全体でネコを育ててるの。だから、商店街に住んでるネコは、みーんなココちゃん。そうはいっても、今は三匹しかいないけど。わたしたちが生まれる前、一時期、増えすぎて困ったときがあったんだって」

「へえ、そうなんだ」

『ここから商店街』について知らないことは、まだまだたくさんありそうだ。

私たちは、夏休み中にまた遊ぶことを約束して別れた。

5 夏休み中のお手伝い。

八月になり、毎日、三十五度を超える猛暑が続いている。私が住んでいる『和菓子のかしわ』では、店内に、あんみつやかき氷が食べられるイートインスペース（おじいちゃんたちの世代は「甘味処」と言っているけど、私たち世代にはこの言い方のほうがしっくりくる）があり、このところ、お客さんは、ほとんどがそれを目当てにやってくる。

「ふう～。この年になると手動式は少しつらいわね。腕がパンパンになっちゃったわ」

お店でかき氷を作っていたおばあちゃんがタオルで汗を拭いている。たった今も、連続して五人のお客さんにかき氷を出したばかり。今は、ボタンを押せば、自動で氷を削ってくれる機械もあるけれど『和菓子のかしわ』のかき氷は、いまだにハンドルを回す手動式だ。お母さんが小さかったころから使っている機械は、鉄製でどっしりとしている。

「おばあちゃん、ちょっと休んだら？　かき氷のお客さんなら、私、できるよ」

私は、おばあちゃんに向かって言った。

この夏休み中、私は、こうやってお店を手伝っている。……と、いっても、毎日、二時間程度だけど。おじいちゃんは「杏都ちゃんにアルバイトのお給金を出さないとね」と言っているけど、そんなのなくても私はお店を手伝うつもりでいたのだ。だって、私がここへ引っ越してくると決まったとき、おじいちゃんとおばあちゃんは部屋の畳を替えたり、机や本棚などの家具もすべてそろえておいてくれた。そのおかげで、私は、住む場所が変わっても、なんの不自由もなく中学生生活を送れている。

……夏休み前にも、いろいろ迷惑をかけてしまったし、少しでも、おじいちゃんとおばあちゃんの力になりたい。

「お言葉に甘えて、少しだけ休憩させてもらおうかしら。わからないことがあったら、すぐに呼んでね」

「うん」

おばあちゃんはお店と住居の境目になっているあがりがまちで靴を脱ぐと、奥へ引っ込んでいった。

今日は、おばあちゃんと二人きりなのだ。おじいちゃんとお母さんは、和菓子作りの勉強のため、むかし、おじいちゃんが和菓子職人になるため修業をさせてもらったという有名な老舗和菓子店へ出かけていった。

最近、お母さんは家でも熱心に和菓子作りの研究をしている。夜も、寝る時間を削って遅くまで試作品を作っては、熱心にノートにレシピを書き込んだりしているのだ。

ふと、この前会ったお父さんのことを、思いだした。

お父さんは、今まで専業主婦だったお母さんが働いているということに、すごく驚いていた。もし、この様子を実際に目にしたら、もっと驚くだろう。そのくらい、お母さんはがんばっている。まるで、都会のあの家にいたころとは別人のように……。

「すみませーん」

聞こえてきた声に、私は、ハッと顔を上げる。

「かき氷二つくださーい」

目の前に立っている小学校低学年くらいの女の子二人が、そろってレジ台に小銭を置く。

『和菓子のかしわ』のかき氷は、どれでも三百円だ。

「今日は杏都ちゃんがお店屋さんなのー？」

女の子のうち、一人は『ここから商店街』に住んでいる子だ。私の名前を覚えていてくれることが、嬉しかった。

「おばあちゃんもいるけど、私が作るかき氷でもいいかな……？」

女の子たちに言うと、二人から「いーよー！」と大きな声が返ってきた。

「杏都ちゃん、あたし、メロン味」

「あたし、いちごー」

「わかった。急いで作るから、そこの席に座って待っててね」

かき氷用の器を用意して、機械の前に立つ。ハンドルを握る瞬間は、どうしても緊張してしまう。ただ、ハンドルをぐるぐる回せばいいというわけではないのだ。同時に器も動かしながら、氷がきれいな山になるよう注意を払わなければいけない。

がりがりと氷が削られていく音が響くなか、女の子たちの会話が聞こえてくる。

「杏都ちゃんって、いつもオシャレだよね」

「あたしも、おねえさんになったらあんなふうになりたいな」

ふふっと、思わず口元がゆるんでしまった。

今日の私のコーデ、トップスはボートネックのななめボーダーTシャツ（色は夏らしく水色と白）で、袖はリボンのように、きゅっと結ぶようになっている。ボトムスは、デニムのサブリナパンツだ。お店のお手伝いをするときは、オシャレよりも動きやすさと清潔感を優先させているけど、あんなふうに言ってもらえると、やっぱり嬉しい。髪の毛は、後ろで一つに束ねて、スカーフをリボンがわりに結んでいる。

「はい、おまたせしました。メロンといちごね」

出来上がったかき氷を運んでいくと「わー」という歓声が起こる。

喜んでもらえたようで、ホッとひと安心だ。おばあちゃんも言っていたけど、古いかき氷の機械は連続で動かしていると、腕が疲れてくる。だけど、目の前にいるお客さんの笑顔を見ると、そんなことも一瞬でふきとんじゃう。前に、古着屋の串本さんが、ひととの出会いを大事にする商店街が好きって言っていたけど、私も、こうしてお店を手伝うようになって、それが少しだけわかってきた。ネットの通信販売や、ひとのいないセルフレジが普及してきている大型店では、この雰囲気は味わえない。

「ごちそうさまでした」

「冷たくて涼しくなったねー」

かき氷を食べ終え、お店から出ていこうとする女の子たちを急いで呼び止める。

「あ。二人とも、ちょっと待って」

「なあにー？」

振り向く二人に、私は「はい、これ」とココちゃんのシールを渡す。

「二人もシールためてる？　今、商店街でやってるでしょ。『おさんぽ・おかいものラリー』っていうキャンペーン」

「あ、そうだ！　ココちゃんのシール！」

「あたし、もう三枚集めたよ」

「そうなんだ。すごいね」

女の子たちは持っていた『おさんぽ・おかいものラリー参加手帳』に、シールをぺたりと貼りつけ、帰っていった。

お店のなかが一気にシンと静かになる。

……少し、心配だな。

私は、レジ台の下にしまってあるココちゃんのシール台紙を取りだして、それをながめた。

ノートくらいのサイズの台紙には、一枚につき五十枚、ココちゃんのシールが並んでいる。

毎日のようにお店のお手伝いをしているからわかるのだけど、シールの減りはあまりよくない。台紙がなくなったら、商店街の事務所にとりに来るよう言われているけれど、お店の奥にまだたくさん残っている。

これって、つまり……思ったほど、お客さんは来ていないってことだよね。

連日、猛暑が続いているせいもあるかもしれないけれど『ここから商店街』の通りを歩くひとも少ないようだ。

買い物をするひとは、みんな、大型のショッピングセンターに行っちゃったのかな。

車で二十分ほど行ったところには、まるでドームのように広いショッピングセンターがある。一日いてもまわりきれないほどのお店があるうえに、メニューの種類が豊富なフードコートや、ゲーム機があるアミューズメント施設もあるのだ。

そういえば、お母さんが言っていた。むかしは『ここから商店街』の通りにも、ひとがたくさんいて、休日にはお祭りのようなにぎわいを見せることもあったって。それが、今じゃ、このありさま……。このままじゃ、私が、お母さんくらいの年になったら、ここはどうなっているのだろう。

どんどんひとがいなくなっていく『ここから商店街』を想像して、私は、急に怖くなってきた。

いやだ。そんなのいや。私は『ここから商店街』がなくなってほしくない。ここは、両親が別居して、これから先、自分にはなにもいいことはないと、やさぐれていた私を受け入れてくれた町なんだ。

「杏都ちゃん、ありがとう。おかげでゆっくり休憩できたわ」

おばあちゃんが戻ってきた。

「そろそろお昼ね。今日は杏都ちゃんと二人だから、お店もあるし、ご飯は別々になっちゃうわね」

おばあちゃんはそう言いながら、がまぐちから千円札を取りだした。

「お店番してくれたお礼。今日は、これでなにかおいしいもの食べなさい。おつりも返さなくていいからね」

「え、こんなにいいの？」

遠慮（えんりょ）していると、おばあちゃんは「いいから、いいから」と言って、私（わたし）の手に千円札を握（にぎ）らせた。

「商店街の『瀬高（せだか）食堂』。杏都ちゃんの同級生のおうちがやっている食堂があるでしょう？」

「うん。陽太（ようた）くんのおうちでしょ」

「そこでお昼を食べるといいわよ。とってもおいしいから」

「そうなんだ。じゃあ、行ってみようかな……」

おばあちゃんに言われるまま、私は『瀬高食堂』へ行ってみることにした。

6『中二女子、レトロな商店街の食堂でランチしてみた』。

家を出て『ここから商店街』の通りを歩く。鼻をくすぐるのは、お肉屋さんから流れてくる揚げ物のにおい。

ああ、おなかすいた。

『瀬高食堂』へ行くと、店先では、年季の入った紺色ののれんが風にはためいていた。そばには、出前に行くときに使うバイクが置いてある。

『瀬高食堂』には、私と同級生の瀬高陽太が住んでいる。そう、アイアイが幼いころから、ずっと恋しているという陽太くん。

「ごちそうさまー」

お店の戸がガラッと開き、ワイシャツにネクタイをしめたサラリーマンっぽいひとたちがぞろぞろと出てくる。続いて、作業着姿のおじさんたち。

安くて大盛り！　な『瀬高食堂』は働く大人たちの強い味方のようだ。

「まいど！」

「ありがとうございました！」

厨房から、陽太くんのお父さんとお母さんの元気な声が聞こえてきた。

「こんにちは」

お店に入ると、出来上がった料理を運んでいた陽太くんのお母さんが「あら！」と笑顔になった。

「『和菓子のかしわ』さんの杏都ちゃんじゃない。一人で来たの？　あ、もしかして、出前の注文かい？」

「いえ、ちがうんです。今日は、私、一人で食べに来ました」

「そうだったの。嬉しいわ～。今、そこのテーブルの上、片づけちゃうから、ちょっと待っててね」

おばさんは、お客さんが食べ終わった料理のお皿やどんぶりを手早く片づけ、テーブルの上をふきんで拭き「どうぞ」と席へ案内してくれた。

店内の壁には、七夕で使う短冊のような細長い紙に書かれたメニューが、ずらーっとすきまなく貼られている。

こういうのテレビでも見たことがあるけれど、実際に見ると、すごくおもしろい光景だ。

月乃にも見せてあげたいな。

ふと、離れて暮らしている妹の月乃のことを思いだした。

月乃に言われたっけ。SNSを更新して、私がどんな生活を送っているのか、たまには教えてほしいって。結局、あれから、まだ一度もSNSを更新していない。でも『瀬高食堂』に来たら、ここを月乃に紹介したいという気持ちがふいにわきあがってきた。

あらためて、お店のなかをぐるりと見回す。

……うん、そうしよう！

水を運んできてくれたおばさんに向かって、私は、今、思いついたことを話してみることにした。

「あの……、ここで写真を撮ってもいいですか？」

「写真？　それで撮るの？」

おばさんが、テーブルの上にある私のスマホを見ながら言った。

「あ、はい。えっと……、撮影したものをネットにアップさせてもらってもいいですか？　私個人のSNSなんですけど」

「いいねえ！　今っぽくて」

私が言い終わらないうちに、おばさんが言った。

「陽太がパソコンでいつもおもしろがって見てるから、そんなにおもしろいの？　って試しに見てみたら、最近は、あたしくらいの年のひとでも旅行先とか、自分のペットとか、どんどん撮影してネットにあげてるでしょ？　ちょっと見るつもりが、いつのまにか夢中になってたりして。いいよ、どんどん撮ってよ。ちょうど、お昼のいちばんいそがしいピークの時間は過ぎたから」

おばさんは「でも、お客さんのなかにはうつりたくないというひともいるかもしれないから、そこは注意してね」とつけ加えた。

「わかりました。気をつけて撮影します」

「そうだ、陽太にも手伝わせようか。どうせひましてるみたいだし」

「えっ？　あの、そんなたいしたことじゃなくて、えっと……」

どうやら、おばさんは本格的な撮影と勘ちがいしたみたいだ。私一人でも大丈夫なのに、おばさんはお店の後ろにある住まいのほうへ陽太くんを呼びに行ってしまった。

「おー、田代。うちの動画撮ってくれるんだって？」

お店にやってきた陽太くんが私の向かい側の席に座る。

「ちがうの……」

私は、おばさんに聞こえないよう、そっと小さな声で言った。

「陽太くんに手伝ってもらうほどのことじゃないの。離れて暮らしてる私の妹や、前の学校の友だちに、この町の風景とかを見せたくて、それでＳＮＳに写真をアップしようかなって思っただけ」

私が言うと、陽太くんは、あははっと笑った。

「そうなんだ。うちのお母さん、せっかちだから。ひとの話、最後まで聞かないんだもんなあ」

「そんなわけだから、わざわざ来てもらってごめんね。陽太くんもいそがしいんでしょ？　戻って大丈夫だよ」

「いや、ひまだよ。だから家にいたんだし。そうだ！　田代、どうせＳＮＳにアップするならさ、なんかおもしろいの撮ったら？　ぼく、手伝うし」

「おもしろいのって？」

「ほら、今、よくある動画配信者がやってる、現地からレポートしまーす、みたいなやつ」

「えーっ、ちょっと照れる……」

「でも、友だちにはきっとウケるよ」

「うーん」

ＳＮＳには、写真だけでなく動画も投稿することができる。

アップしたSNSを見て、月乃が笑っているところを想像してみた。受験勉強の息抜きにもなるだろうか。そう思ったら、私も、やってみようかなという気持ちになってきた。

「そうだね。なんかおもしろい動画、撮ってみようか！」

私が言うと、陽太くんも「よしっ」と意気込んだ。

そうと決まれば、撮影の準備だ。テーブルの上のスマホを手にとる。都会に住んでいたころは、周りの友だちと競うようにして更新していたSNSのアプリを、私は三か月ぶりに起動してみた。

『ようこそ！　アプリコットのページへ』

画面に表示されるメッセージと、写真の数々。アプリコット、というのは、私がSNSで使っているアカウント名だ。私の名前「杏都」、あんづ、果物のあんず……ということで英語にしてアプリコット、というわけ。

――「単純すぎて笑える。そんなんじゃすぐに誰だか特定されちゃうよ。ネットって楽しいけど、怖いこともあるし、もっとひねったネーミングにしたほうがいいんじゃない？」

前の学校での友だち、紗那はよくそんなことを言っていた。

だけど、私は、どうしても自分の名前にちなんだアカウント名にしたかった。そんなときに、ふと気づく。私、自分の名前を好きなんだなって。

「動画なら、食事をしているところがいいかな」

「わかった。大食い動画でしょ」

陽太くんがそう言ったので、私は、ふふっと笑う。

「ちがうって。私、そういうタイプじゃないから。えーっと、そうだなあ……。『中二女子、レトロな商店街の食堂でランチしてみた』なんてタイトルはどうかな？」

「いいね。うちみたいな古い店って、ぼくたちの年だと入りにくいとこもあるから、珍しくておもしろいよ。ランチっていうのは、オシャレに言いすぎのような気もするけど」

「いいの。ランチで」

さて、なにを注文しようかな。そう思って、私は壁に貼られたメニューを見回した。ぱっと目を引いたのは「夏季限定。冷やし中華」の文字。

うん、決めた！　ここは、夏ならではのメニューにしなくちゃね。

「杏都ちゃん、なにを食べるか決まった？」

厨房が見えるカウンターから身を乗りだして、おばさんが言う。

「あ、はい。冷やし中華お願いします」

「はいよー」

冷やし中華を待つ間、私は、いそいそと撮影の準備をする。

それを見ていた陽太くんが言った。

「どうせ撮るなら、のれんをくぐって店に入るところからやってみたら？　スマホ借りてもいい？　ぼく、撮るよ」

「いいの？　ありがとう。じゃあ、まかせる！」

陽太くんは、おっとりしていて優しい。アイアイが好きなだけある。これが、詩音だったら、私のやることなすこと、なんでも、あーでもない、こーでもないとツッコミを入れてくるだろうな、なんて思う。

さらに陽太くんは「お母さん、さっきの、冷やし中華を注文して、はいよって返事するの、もう一回やってみてくれる？」と、おばさんに言っている。

「えー？　あらためてそう言われると、なんか恥ずかしくなってくるね」

おばさんは照れながらも「わかったよ」と了解してくれた。

撮り終わった動画を、ひととおり見て、私と陽太くんとおばさんは大笑い。

「こうして見てみると、働くあたしもサマになってるじゃない。なんだかテレビに出た気分よ」

「田代のスマホに入ってるアプリの効果かな？　うちの冷やし中華が実物よりうまそうにう

つってる」

「ううん。それは関係ないよ。陽太くんちの料理が本当においしいからだと思う」

『瀬高食堂』の冷やし中華は、しょうゆ味がベースで、あまずっぱい酢がよくきいている。具材は、千切りしたきゅうり、ハム、中華くらげ、わかめ。それに、黄桃だ。

「え？　冷やし中華に、桃?!」

って、最初はびっくりしたけれど、食べてみて驚いた。あまじょっぱいタレとの相性は意外によくて、また食べたいって思うのだ。

「おばさん、冷やし中華はいつまでやっていますか？」

私は、おばさんに質問した。

「ええと、毎年、九月の二十日ごろまではやってるよ。その年の気候によって、暑さがきびしいときは、九月いっぱいまで延長することもあるかな」

「わかりました。ありがとうございます」

忘れずにスマホのメモアプリに記録しておく。こういう情報は大事だよね。ネットにアップするときにも忘れずに書いておこう。

「ごちそうさまでした。おいくらですか？」

「消費税も入れて、七百円いただきます」

「わあ、安い」

おばあちゃんからもらった昼食代は千円だから、じゅうぶん間にあう。

おなかいっぱいになるって、幸せだな。そのうえ、安くて、作っているひとの優(やさ)しくてあったかい気持ちもついてくる。これで、元気にならないはずがない。長年『瀬高食堂』に通っているひとたちは、みんな、こんな気持ちでいるのかもしれないな、と私(わたし)は思った。

「あ、そうだ。おばさん、これもください！」

私は、ウエストポーチから『おさんぽ・おかいものラリー参加手帳(さんかてちょう)』を取りだした。

「ああ、そうだったね。はい、シール」

おばさんから、ココちゃんのシールを受け取る。

やった、これで一枚(まい)ゲット。この前、瑠奈(るな)とアイアイが『CHARGE(チャージ)』で串本(くしもと)さんにシールをもらっているのを見て、私も、集めてみようかなと思っていたのだ。

「田代、これから、どこに行くの？」

お店を出ようとする私に、陽太くんが話しかけてきた。そのまま、二人で外に出る。

「夕方まで、商店街をぐるぐるまわってみるつもり。さっきの動画のタイトルに、レトロな商店街って入れるから、その動画も撮(と)ろうかなって。それに、今『おさんぽ・おかいものラリー』やってるでしょ？　今日じゅうにどれだけまわれるかわからないけど、今、一枚もらったら、この際どんどん集めてやろうって気になってきたよ」

「意外だなあ。田代って、こういうことに熱くなるタイプだって思わなかった」

「えーっ？　なにそれ。ねえ、私って、いったいどんなイメージなの？」

「んー……」

陽太くんが口ごもる。それって、なに？　私に言えないようなことだったりする？

「そういう反応、よけいに気になるし！　怒らないから教えて」

「うーん。転校初日の、アレがキョーレツだったからね」

そう言って、陽太くんはほおをかいている。

転校初日のアレ！

まっさきに思いだすのは、隣の席の詩音に向かってキレてしまったことだ。私の顔が、一気に、かあっと熱くなった。

だって、あのときは！　詩音の周りのお調子者男子たちが、私のことを「都会のオンナ」とか「詩音の運命のひと」だなんて、はやしたてたから悪いのだ。

「もう忘れてよ～」

私が言うと、陽太くんが笑った。

「いいじゃん。人間、ギャップがあったほうがおもしろいし。あ、もちろん、いい意味で裏切られたってことだよ。ギャップっていえば、アイアイも見た目とちがって、けっこういいやつなんだぜ」

陽太くんの口からアイアイの名前が出て、私はドキッとした。陽太くんは、さらに続ける。

「田代、アイアイと仲よくしてくれてありがとう。あいつ、女子の友だち少ないから……」

さっきまで笑っていた陽太くんの顔が、急にかげる。

そういえば、学校でのアイアイを思いだしてみると、クラスがちがうから詳しいことはわからないけれど、教室を移動するときとか、よく一人で廊下を歩いているのを見かける。あれは、クラスに仲のいい友だちがいないからだったの？

「小さいころから、あいつ、大勢のひとのなかで浮いちゃうことが多いんだ。まあ、いつも奇抜なカッコしてるから近寄りがたいのかもしれないけど……。友だちといえば、同じ商店街の子どもしかいなかったんだ」

アイアイの個性的なファッション。それにまゆをひそめるひともいるのだろう。

私と、同じだ……。

――「ばかみたい」

みんなと、ちょっとちがうオシャレを楽しむ私に、あびせられた悪口を思いだす。

「私は……。私は、ファッションも含めて、アイアイが好きだよ。だって、陽太くん、私がこの『ここから商店街』に引っ越してきた日、実は、初めて笑いかけてくれたのってアイアイなんだ」

「え、そうだったの？」

町を散歩してくると言って家を出た私と、偶然、目があったアイアイ。あのとき、ニコッと笑いかけてくれたこと、ずっと私の心に残っている。その思い出は、今、陽太くんの話を聞いて、もっとたいせつな思い出になった。だって、アイアイは、周りのひとから拒絶されて傷ついても、私という、よそから来た者を排除しようとはしなかった。むしろ、優しく迎え入れてくれようとしたのだから。あの笑顔には、そういう気持ちがこもっていたって思っていいよね？　アイアイ。

「そっか……、やっぱり。あいつ誤解されやすいけど、すごく優しいんだよ」

ホッとしたようにほほえむ陽太くんに、私は「もしかして……」とピンときた。

陽太くんも、アイアイのことが好きなのかもしれない。

「またアイアイと遊んでやって」と言う陽太くんに、私は「もちろん。私も、もっと仲よくなりたいから」と伝えて、それじゃあ、と別れた。

「きみたち二人、両思いだよ」って、気づいたけれど、私からは言わない。それは、いつか、陽太くんとアイアイが、自分で相手に伝えるたいせつな想いだから。私が無神経に触れてはいけない、繊細で純粋な宝物。

ひとを好きになるって、悪いことじゃないのかもしれないな……。

ふしぎだな。恋なんてしないと思っていた私に、こんなことを考える日がくるなんて。

7 私と詩音、いつものやりとり。

夕方の六時半。私は、自分の部屋でひと休みしていた。開け放した窓から、ぬるい風が入ってくる。夕方になっても、まだ暑い。このぶんじゃ、今夜も熱帯夜になりそうだ。

陽太くんのうちの食堂を出てから、『ここから商店街』を歩き回った。商店街の風景を撮影した動画も、スマホにばっちり保存してある。

疲れたなあ。

夏の暑い日差しをあびたこともあって、今は、体じゅうが疲れている。足も痛いし、日焼け止めを塗っていたのに、腕はだいぶ赤くなってしまい、ヒリヒリしている。

だけど、憂うつな気持ちにならないのは、心が満たされているからだ。

『おさんぽ・おかいものラリー参加手帳』をひらくと、今日だけでココちゃんのシールは五枚もたまった。

『瀬高食堂』では、冷やし中華。洋菓子店『フローラ』では、シュークリーム。青果店『石沢商店』では、トマト。『竹本書房』では、夏休みの読書感想文用の本。『文具&ファンシー・アイアイ』では、カラーペンとレターセット。

どのお店でも、ただ買い物をするだけじゃなく、もれなくお店のひととのおしゃべりがついてくる。それは「暑いね」とか「夏休みの宿題、進んでる?」なんて、とるに足りないものばかりだ。だけど、帰ってきて、私は気がついたんだ。

そういうなにげない会話が、いつのまにか心の栄養になってるって。

意味はないし、そんなものなくても生きていけるけど……。

なにげない会話って、もしかしたら、自分がここにいることをさりげなく教えてくれる合図みたいなものなのかな。そして、会話をするためには、自分以外の誰かの存在も必要で、それは「一人じゃないよ」ってことでもある。

そっか。だから、私、今、心が満たされているんだ。

ガラッと、隣の家の窓が開く音が聞こえた。詩音が帰ってきたのだ。私は、窓に駆け寄り、自然と詩音に向かって声を張り上げていた。

「これ見て! すごいでしょ!」

窓の向こうにいる詩音に向かって、私は『おさんぽ・おかいものラリー参加手帳』をひらいて見せた。

「なんだよ、それ」

うちわで顔の前をパタパタあおぎながら、詩音が興味なさそうな声を出した。

「商店街のキャンペーン。今、やってるでしょ。私、今日、一日だけで五枚もシールをためたの」

「ふーん。そんなのためてるの、じーさんとばーさんしかいないと思ってたよ」

「なにそれ！　失礼なこと言わないでよ。懸賞の一等は、有名テーマパークのペアチケットなんだよ？　ちゃんと若者だってターゲットになってるってことでしょ」

「はっ。どっちが失礼なんだか。そんじゃ、じーさんやばーさんは遊園地に行かないってことかよ」

「うう……」

私が答えにつまっていると、詩音は笑って「おれの勝ちー」となぜか得意げな様子になっている。

もう！　いつもこうなんだから！

なんで私と詩音はこうなんだろう。昼間、陽太くんからこっそり聞いたアイアイの話を思いだす。あの話をしているときの陽太くんは、アイアイのことを優しく見守っている、まるで年上の紳士ってかんじで、私はぐっときていた。子どもっぽい詩音とは大ちがいだ。

「ああ、暑い！　クーラーつけるから窓閉めようっと！」

声に出しながら、私は「自分も詩音に負けず子どもっぽいかも……」と思った。

「はあ～。いいよなあ、おまえの部屋はクーラーがついてて。おれの部屋なんてサウナだぞ」

詩音が言った。だから、うちわが手放せないんだ。さっきよりも激しくうちわをあおいでいる。

そのとき、下からおばあちゃんの声が聞こえてきた。

「杏都ちゃーん、ちょっと台所へ来てくれるー？」

「あ、はーい」

なんだろう？　たぶん、夕ご飯のお手伝いをしてってことかな。今日は、お母さんの帰りは夜遅くなるって言っていたし。

私は、詩音に向かって「じゃあね」と言うと、窓を閉めようとサッシに手をかけた。

「あ。おい、ちょっと」

詩音は、まだなにか言いたそうだったけど、私はかまわずに窓を閉めた。

下へおりていき、台所にいるおばあちゃんに声をかける。

「おばあちゃん、なあに？」

「お夕飯に、杏都ちゃんが買ってきたトマトを使って、もう一品なにか作ろうと思ったの。トマトの中身をくりぬくの、手伝ってくれるかしら？」

「中身を？」

「そう、トマトの器を作るみたいに」

くりぬいた後、なかにはツナとセロリを加えたマッシュポテトを詰めて、チーズを載せてオーブンで焼くんだとおばあちゃんは説明してくれた。

「オシャレ～！　おばあちゃん、料理のレパートリーすごいね！　なんでも作れるんだ！」

「そんなにほめられると恥ずかしいわ。あるものでなんとか作ろうと思ってるだけだし」

「ううん。すごいよ。後でレシピ、メモしよう！」

「うふふ。杏都ちゃんと台所に立つの、わたしはとっても楽しいわ」

トマトのチーズ焼きが出来上がると、おばあちゃんが言った。

「たくさん作ったから、お隣の詩音くんにおすそわけする？」

ドキンと心臓が高鳴った。

私が作った料理を、詩音に？

私は、料理を持っていく場面を想像した。私が作った、と言ったら、詩音は、たぶん……。

――「おまえが作ったのかよ。毒入ってねーよな？」

想像上の詩音は、そう言って料理に鼻を近づけ、くんくんとにおいをかいでいる。

……言いそう！　絶対に言いそう！

さっきの窓越しの会話でも相変わらずの対応だった詩音を思いだし、私は、ぐっとくちびるをかんだ。

おせじでも「うまそうだな」って言ってくれそうなタイプだったら、持っていったかもしれないけど、詩音はそういうのとは正反対のタイプだ。

「杏都ちゃん？」

おばあちゃんに呼びかけられ、ハッと我にかえる。

「い、いいよ。おばあちゃん、私、今日おなかへってるから、これくらい食べられる！　詩音には、あげない」

「あら。珍しいわね。でも、たくさん食べるのはいいことだわ。じゃあ、今日は、詩音くんには、おあずけね」

「うん。私、ご飯もおかわりしよーっと」

たくさん食べておなかいっぱい。その夜は、すぐにでも眠りたかったけれど、私は『瀬高食堂』で撮影した動画の編集にとりかかった。

音声がとぎれているところは、後から説明をアフレコしたり、文字のテロップを入れたり……。色を調整したり、スタンプでかわいく飾りつけたり……。気がつけば、もうすぐ日付が替わる時刻になっていた。

いけない。こんなに長時間スマホに没頭していたなんて。さすがに目が疲れてきちゃった。

そのとき、外から、車が止まる音が聞こえてきた。

タクシー？　おじいちゃんとお母さんが帰ってきたのかな。

私の予想はあたり、そっと耳をすましていると、二人が家へあがってくる物音や声がかすかに聞こえてきた。

二人は、かつて、おじいちゃんが修業をしたという老舗の和菓子屋さんへ、今後の研究のために話を聞きに行っていたのだ。

ずいぶん遅くまでかかったんだな。おじいちゃんも、お母さんも、疲れただろう。

ちょうど起きていたし、二人になにか声をかけたほうがいいかなとも思ったけれど、眠いのと、こんなに遅くまでスマホを操作していたという後ろめたさもあり、私は、知らないふりをすることに決めた。

電気を消して寝る前に、SNSを更新しちゃおうっと。せっかく、こんな時間まで作業したんだもの。

編集した動画を、自分のページにアップしてから、私は布団の上に横になった。

8 拡散されちゃった?!

スマホから電子音が鳴り響いている。

今、何時……?　眠い……。

夏の朝は太陽が顔を出すのも早い。カーテンのすきまから差し込む朝日がまぶしくて、私は顔をしかめる。タオルケットにくるまり、寝返りをうっていると電子音が止まった。部屋にふたたび静けさが戻り、また眠りに落ちそうになる……と、その数秒後、また電子音が鳴り響いた。

うるさいなあ。……あれ?　この音はアラームじゃなくてメッセージアプリの着信音だ。

外の明るさからして、アラームをセットしている時刻にはまだ早い。ラジオ体操のために早起きを続けていた私は、最近では日差しのかげんでだいたいの時刻がわかるようになっていた。

……こんなに朝早く、いったい誰なの?

まだ寝ていたかったけど、私は、しぶしぶ起き上がり、机の上のスマホを手にとった。

メッセージをくれた相手の名前を見て、ドキッとする。

えっ、月乃?!

さっきから何度もメッセージを送ってきていたのは、妹の月乃だった。

まさか、家でなにかあったとか？　お父さんとケンカした？

この前、実家に帰ったとき、月乃とお父さんの仲が険悪になっていたことを思いだし、私はハラハラしてきた。

文字なんてうってる場合じゃない。電話したほうが手っ取り早い。

私は、アドレス帳のアプリから月乃の名前を探すと、通話アイコンをタップした。

「もしもし、月乃？」

月乃は、すぐに電話に出た。

「おねえちゃん！　大変なことになってるよ！」

「え？　なに？　どうしたの？　月乃、まさかお父さんとケンカして家出なんてしてないよね？　知らないひとの家に行ったりしてるんじゃないでしょうね？」

「はあ？　なに言ってるの？　そんなことするわけないでしょ。大変なことになってるのは、おねえちゃんのほうでしょ！」

「私？　私なら、なんともないよ。今だって、寝てたし」

「えーっ、寝てたの？　のんきだね」

「だって、まだ朝の五時半だよ？　月乃こそ、なんで起きてるの？　あ、夏休みだからって夜通しずっと起きてたんでしょ？　そんなことしてると二学期までに昼夜逆転しちゃうよ」

私のお説教が始まると思い警戒した月乃が「あーっ」と声をあげた。

「とにかく、ＳＮＳを見て！　いわゆる拡散ってやつだよ。コメント欄もすごいことになってるから」

ぶちっと通話が切れた。

ＳＮＳ？　私の、だよね……？

月乃に言われたとおり、私は、自分のＳＮＳアプリを起動させた。

えっ！　ウソ！

私が使っているＳＮＳには「投稿を見ました」というしるしを残す「ぺたり」という機能がついている。「ぺたり」は犬の足跡の形をしたアイコンで、その横に表示されている数字は、どれだけのひとが「ぺたり」をつけていったか、ということを表している。

昨日、寝る前にアップした私の動画『中二女子、レトロな商店街の食堂でランチしてみた』についた「ぺたり」は、いち、じゅう、ひゃく、せん、まん……。

「ウソ、すごい……」

部屋に一人きりだというのに、思わず声に出してしまった。

「ぺたり」の数は、二万を超えていたのだ。

これがどれくらいすごいことかというと、私がSNSを更新すると、だいたいいつも五〜七個くらいの「ぺたり」がつく。その数字のうちわけは、妹の月乃と、友人の紗那、あとは、通りすがりの知らないひとが気まぐれにつけていっただけ、というかんじのもの。それが、今回は、一気に二万！

どうしてこんなことになったのか、「ぺたり」の履歴を見てわかった。

「ぺたり」をつけてくれたひとのなかに、有名な動画配信者がいたのだ。そのひとには、何十万人というファンがいる。つまり、そのファンたちが、私のSNSに流れ込んできたのだ。月乃が「拡散」と言っていたのは、このことだったんだ！

寄せられたコメントは、読みきれないほどたくさんある。

『アプリコットさん、オシャレでかわいいのに古い商店街にいるっていうギャップがいい！シブい趣味だな〜』

『夏といえば冷やし中華。だけど、最近、食べてなかったなー。久しぶりに近所のラーメン屋さんへ行ってこようかな。でも、できたら『ここから商店街』の『瀬高食堂』に行きたいです』

『こういう女の子に彼女になってほしい！　素朴な食堂の冷やし中華で喜んでるところ、まじかわいいんですけど』

『商店街って、こうして見るといいなあ。レトロ最高』

『昭和のにおいがする商店街とSNSって意外と相性ばつぐんなんだなー』

信じられない……。ただ、月乃が笑ってくれたらそれだけでいいと思ってSNSにアップしたあの動画が、こんなに多くのひとの目に留まるなんて。

なんだか「わあっ」と叫びだしたい気分になった。それは、きっと、この出来事が私一人で抱えるには大きすぎるからだろう。月乃に電話をかけ直して、もう一度、話をしてみようか。

そう思ったとき、私の頭のなかに、一人の人物が浮き上がってきた。

詩音。

部屋の窓にかかったフルーツ柄のカーテンに目をやる。このカーテンを開ければ、詩音の部屋が見える。

呼びかけて、今、私の身に起こっていることを話したい。このことを知ってほしい。そう思った次の瞬間には、もう私は、カーテンを握っていた。ひとおもいにカーテンを引こうとしたところで、ピタッと手が止まってしまう。

思いだした。詩音は、今、スマホを没収されているんだった。

見てほしくても、スマホがないんじゃ、それはできない。私のスマホを貸す、という方法もあるけれど、なんだか照れくさい。

そのとき、今が、まだ早朝だということに気づいた。

私、なにやってるんだろう。

寝ぼすけの詩音はまだ寝ているってこと、すっかり忘れていた。

9 予期せぬ出来事。

私のＳＮＳがたくさんの注目を集めてから、もうすぐ一週間がたとうとしていた。

閲覧者やコメントの数は、どんどん増え続けている。

朝の六時二十分。私は、夏休み中のルーティンになっている、『ここから商店街』をランニングした後のラジオ体操へ参加するため、『なないろ公園』にいた。

ラジオ体操が始まるまで、あと十分ある。私は、公園のベンチに座って、スマホを見ていた。ＳＮＳのアプリを立ち上げると、また新たなコメントが増えていた。

「ぺたり」の数は、もうすぐ三万に届きそう。

スマホを見ながら、私は、大きな口を開けてあくびをした。

……眠い。

ＳＮＳのコメントが気になって、実は、昨夜はあまり寝ていないのだ。昨夜だけじゃなく、このさわぎが起きてからというもの、私はいつも寝不足だった。

「おはようございます」

『ここから商店街』にある青果店の石沢さんが声をかけてきた。

「あ、おはようございます」

大きな口を開けてあくびをしているところを見られたかもしれない。

気まずい……と思いながら、私はスマホをハーフパンツのポケットにしまった。

「杏都さん、昨日、商店街の事務所に、これが……」

『ここから商店街』の組合長をしている石沢さんは、持っていた紙の束を私に見せながら、言った。

「新聞社や、フリーペーパーを作っている会社から届いた問いあわせのＦＡＸです。みんな、インターネットのこのページを見て『ここから商店街』をぜひ取材したいと言ってくれてるんです。この写真は、杏都さん……ですよね？」

そこには『瀬高食堂』で冷やし中華を食べる私がうつっていた。陽太くんと撮った動画、『中二女子、レトロな商店街の食堂でランチしてみた』の一部を切り取ったものだ。

「はい、私です。あの……もしかして、勝手にこんなことしたらいけなかったですか？」

一瞬、怒られるかも？　と思ったので、私は石沢さんに向かって聞いてみた。

「いえ、そんなことありませんよ。むしろ、商店街を盛り上げてくれてありがとう、とお礼を言いたくて。杏都さんは、毎朝ラジオ体操に来ているので、きっと今朝も会えると思って、これを持ってきたんですよ」

石沢さんは、ほほえみながら続ける。

「やっぱり杏都さんは商店街を改革する力を持っているのかもしれませんね」

そう言われると、なんだか恥ずかしくなってしまう。

夏休み前に『ここから商店街』の『ほしぞら祭り』というイベントがあり、そこで、私は詩音のおじいちゃんに「商店街の大人たちを変える、勇気ある意見をしたお嬢さん」と言われたのだ。

だけど、これは『ここから商店街』を盛り上げようと意図してやったことではなく、本当に偶然なのだ。

「まず、はじめに地元の新聞社なんですが、杏都さんのＳＮＳを記事にして紹介したいそうなんです。本人に確認してから、ということで返事は保留していたのですが、ＯＫということで大丈夫ですか？」

「はい。こちらこそ、よろしくお願いします……！」

ドキドキしてきた。

私のＳＮＳが新聞に載っちゃうなんて。こんな経験、生きていて、あるかないかというくらいの貴重なものだ。

新聞に掲載する際、私の名前は隠して、SNSで使っている『アプリコット』という名前を使ってもらうことにした。石沢さんも「そのほうがよさそうですね。それはペンネームというやつですか？　え？　あかうんと？　はあ、今はふしぎな時代ですねえ」と言っていた。

『和菓子のかしわ』に瑠奈とアイアイがやってきたのは、その日の午後だった。

「すごいよー！　杏都ちゃん、SNSのアクセスランキング、これで連続一週間ベストテン以内にランクインしてるよ～」

アイアイが興奮をおさえきれないという様子で足をバタバタさせている。

「はいよ。抹茶あずき三つね」

おじいちゃんが、私たちがいるテーブルに、かき氷を持ってきた。せっかくだから、みんなでかき氷を食べようということになったのだ。

今日だけは、冷たいかき氷でも私たちの熱は下がらないかも。それくらい、みんなで盛り上がっていた。

「杏都ちゃんのSNSが話題になってから、心なしか商店街にひとが増えてる気がしない？」

瑠奈が言ったとたん、「こんにちはー」とお客さんがお店に入ってきた。

私たちは「やっぱり！」というかんじで顔を見合わせる。

お客さんは水ようかんを五つ買っていった。

「すごい、すごいよー！」

「さっそくアプリコット効果、目撃しちゃったー」

瑠奈とアイアイが大笑いしている。

「リアルでその名前を使うのはやめてよ、恥ずかしいから」

私は、ぷいと顔をそらした。それを見て、二人はさらに笑いころげている。

「それに……実は、この『中二女子、レトロな商店街の食堂でランチしてみた』動画だけど、本当に私、深いことはなにも考えてなかったの。ただ、離れて暮らしてる妹に見てほしくて……。妹が笑ってくれたらいいなと思って撮ったんだよ」

石沢さんには、商店街を改革する力を持っているのかも、なんて言われたけれど、私は、どこにでもいる、ただの中学二年生なのだ。

「それがいいんだよ～」

アイアイが言う。

「ウケ狙いじゃないからこそ、みんなの心にヒットしたんじゃないかな？　自然体で、楽しそうなかんじが出てるから」

「そう……なのかな？」

SNSさわぎが起きてから、私にちょっとした変化が起きていた。それは、こうやって三人でいる間も、私の頭の片隅には、つねにスマホの存在があるということだ。

またコメントが増えたかもしれない。早くスマホを触りたい。でも……瑠奈とアイアイの前でスマホに没頭するのは友人としてマナー違反だと思うから、がまん、がまん……。

「そういえば、詩音、静かじゃな〜い？　隣の家だったら、このさわぎにだまってるなんておかしくない？」

アイアイが言って、瑠奈が「うん、うん」とうなずく。

「こっちに乗り込んできそうだよね。杏都ちゃん、詩音、なにか言ってきたりした？」

私の心臓が「詩音」という名前にドキッと反応した。そして、そんな自分にとまどってしまう。

どうして、私、詩音の話題が出ただけで心が乱れるのだろう。どうして……？

「なにも……」

私は首を横に振る。

「なにも言ってきてないよ、詩音。たぶん、このこと知らないんだと思う」

私の言葉に、二人はきょとん、という顔をしている。

「ほら、あの、詩音、スマホ没収中だから」

私が言うと、二人は「ああー」とそろって声をあげた。

「そっか～。詩音、ネット見られないんだー。ゲームもできないんだね、かわいそー」

「杏都ちゃん、詩音の状況までよく覚えてたね。前に聞いたのに、わたし、すっかり忘れてたよ」

瑠奈にそう言われて、また私の心拍数が上がる。だって、そんな言い方されたら……まるで私がずっと詩音のことを気にかけているみたいじゃない。そんなことない、そんなことありえない。

「だ、だって、隣の家だから。スマホを没収された日も、あいつが大さわぎしてるの、こっちにまでつつぬけだったんだよ。そうだ！　甘いもの食べたから、のどかわいたでしょ？　私、冷たい麦茶持ってくる」

私は席を立つと、二人に背を向け、歩きだした。

麦茶が飲みたかったのもウソじゃないけれど、二人の前でこれ以上、詩音の話をしたくなかった、というのもある。だって、もっと心拍数が上がったら、今度は顔が赤くなっちゃいそうだったから。そうなったら、絶対にあやしまれる。

――「おねえちゃん、やっぱり変わった……」

この前、月乃に会ったときに言われたセリフが耳の奥でこだましている。

私、本当にどこか変わってしまったんだろうか？　前は、こんなことなかったのに。友だちとの会話で、男子のことが話題にあがっても「だから、どうしたの？　私には関係ないし」って、突き放していたのに……。

麦茶を飲むと、アイアイが言った。

「ねえ、今日はこれから、あたしの家で遊ばない？　瑠奈のファッション開拓計画の続きしようよ～」

「え？　あれ、まだ続いてたの？」

そう言う瑠奈の今日のコーデは上下とも、この前『ＣＨＡＲＧＥ』で買ったばかりのものだ。元気いっぱいレモンイエローのビタミンカラーのニットスカート。やっぱり、すてき。おとなしい瑠奈とのギャップがいい。あ、こういう、いい意味で裏切られるギャップっておもしろいよなって、この前『瀬高食堂』の陽太くんも言っていたっけ。

「今日は、ヘアメイクの部だよ。花火大会も近いし。ね、そのときは、みんなでおそろいのメイクしようよ～。リップカラーあわせたり、楽しそうでしょ？」

アイアイが言った。

「花火大会？」

私が首をかしげると、瑠奈が答えてくれた。

「あっ、杏都ちゃんは、今年引っ越してきたから初めてだもんね。あのね、隣の市の花火大会なんだけど、毎年、お盆にやってるんだ。電車で二十分くらい行ったところで、わたしたち、去年も、商店街のメンバーで行ったんだよ」

「その日は、夜、臨時の電車が出るから、時間も心配ないよ〜」

瑠奈に続いて、アイアイが言った。

商店街のメンバー、というと『ほしぞら祭り』に行った顔ぶれだろう。

「私も……まざってもいいの？」

私が言うと、二人は驚いたように目を丸くする。

「え、当たり前でしょう！」

「そうだよ〜。杏都ちゃんは、引っ越してきたときから、もう『ここから商店街』中二ズメンバーなんだからねっ」

アイアイが言った「中二ズメンバー」というのに、私と瑠奈がふきだして笑った。

「なにそれー」

「中二ズだったら、来年はどうなっちゃうの？」

瑠奈に言われて、アイアイはぺろっと舌を出す。

「へへ、そうしたら、来年は中三ズになるだけ～」

「その調子じゃ、ずーっと続いちゃうね」

私が言うと、アイアイは、

「ずっと続いたらいいな。大人になったら、はたちズとか、みそじズになるのだ」

そう言った。

二十歳、三十歳……。そのころ、私は、瑠奈やアイアイはどうなっているんだろう。詩音は？

私が大人になるころ、当たり前だけど、詩音だって大人になっているのだ。同い年だし、おかしいことでもなんでもない。だけど、私は、未来の詩音を想像しようとしたとき、こんな疑問がわいてきた。

大人になった詩音の隣には、誰がいるんだろう……って。


アイアイの家での「ヘアメイクの部」は、すごく楽しかった。私も、自分のメイクポーチを持っていき、アイアイといっしょにメイク初体験の瑠奈を変身させた。

「ちょっと！　アイアイ、これはやりすぎでしょ！　早く元に戻してよ」

鏡を見て悲鳴をあげた瑠奈を思いだして、帰り道、私は一人で笑ってしまった。

アイアイは、瑠奈に、ミュージカルのキャッツみたいなアイメイクをほどこしたのだ。

「瑠奈みたいな涼しげな目元には、こういうクールなのが似合うと思って～」

「だからって、わたし、舞台に立つんじゃないんだから」

ふつうにかわいいのにしてよ、というリクエストで、結局、まつげを軽くカールさせて、ピンクのチークに、チェリーレッドのリップ、というナチュラルメイクに落ち着いた。花火大会も、このメイクで行こうねって三人で約束したのだ。

歩いていると『和菓子のかしわ』が見えてきた。

いつもは、正面にあるお店の出入り口からなかへ入るのだけれど、今日は、裏口から入ろうと私は回り道を選んだ。なぜかというと、メイクの練習をしていたせいで、今、私の顔はすごいことになっているから。つけまつげに、太く濃いアイライン、グラデーションにしたアイシャドウ……。突然、こんな顔で帰ったら、おじいちゃんたちは驚いてしまうだろう。

「ただいま……」

裏口から、そっと家のなかへ入ると、そのまますぐに洗面所に行き、顔を洗った。

タオルで濡れた顔を拭きながら、鏡にうつる自分を見る。

メイクで作り上げたにせものの大人っぽさが消えて、あっというまに十四歳の自分に戻ってしまった。

そうだ、SNSはどうなったかな。

午後からは瑠奈とアイアイといっしょだったから、しばらくスマホを見ていない。

夕ご飯の時間まで、あと少しある。私は、急いで二階の自分の部屋へ行き、スマホをタップした。

わあ、朝、起きたときよりも、またコメントが増えている。どんなことが書いてあるんだろう。

ワクワクしながら、画面を下にスクロールしていく。だけど、次の瞬間、私をおそったのは、たとえるなら、ふつうに歩いているときに、後ろから急にわざと背中を強く押されたような、そんな衝撃だった。

「なにこれ……。ひどい……」

そこに書かれている文を読んでいるうちに、私は動揺して手のふるえが止まらなくなっていた。

『アプリコット、やってること全部ちょーあざといから』

『こんな今どきの女子中学生がさびれた商店街が好きって、よくできた設定！　やらせ決定。作ってんの、もろにバレてますよー』

『シールためて喜んでるって、よっぽどつまらない毎日なんですね。ばかみたい』

『つーか、服とか髪型とか？　雰囲気でごまかしてるけど、よく見たらブスの部類だった』

『まあ、若者を使って宣伝しても、商店街なんていずれなくなる運命でしょ』

今朝、見たときは、私の動画を楽しんで見てくれた、という前向きなコメントばかりだったのに。私が見ていない間に、コメントはどれも悪口のように否定的なもので埋めつくされていた。

——『ばかみたい』

コメントに書かれていたその悪口は、前の学校で言われていた悪口と同じ。

ばかみたいって言われてもいいよ。

『ほしぞら祭り』の日、私は、そう誓った。

周りから、ばかにされたとしても、自分の心にあるものを信じていきたい、つらぬきたい、強くなりたい。そう思っていた。だけど、今、その誓いは、ぼろぼろとくずれていきそう。

全身の力がぬけて、私は、その場に座り込んだ。

目にうつる畳が、じわあっとぼやけてくる。

つーっと、涙が、ほおを流れ落ちていく。

ちがう、今、私が傷ついているのは、自分がばかにされたからじゃない。

コメントのなかにあった『ここから商店街』をばかにするもの。私は、それが悲しいんだ。

私のことは、どんなにばかにしたっていい。だけど、私を受け入れてくれた『ここから商店街』を悪く言われるのは、いやだ。

「杏都ー、帰ってるの？　もう夕ご飯よー」

下から、お母さんの声が聞こえてくる。

急いで涙をぬぐう。部屋にある鏡をのぞくと、泣いたせいで目の周りや鼻が赤くなっている。

下へおりて、食卓へつく前に、私は洗面所でまた顔を洗った。冷たい水で顔を洗ったら、泣いた顔も少しはマシになるだろう。なによりも、お母さんたちに、私が泣いていたことを知られるわけにはいかない。

「今日は、おさしみが安かったの。たくさん食べてね」

おばあちゃんが、にこにこ顔でご飯をよそっている。

「杏都ちゃん、石沢さんから聞いたよ。新聞に載るんだって？　楽しみだなあ」

おじいちゃんが言って、お母さんが「地方紙だけどね」とつけたした。

「いやあ、そんなの関係ないよ。掲載されたら、新聞屋さんに行って、その日の新聞をたくさん買ってこなくちゃ」

「お父さんったら。何部買ったって、中身はいっしょよ」

おじいちゃん、おばあちゃん、お母さんがそろって笑っている。私は、それにあわせるようにして無理に笑顔を作った。でも、だめ。無理して笑顔にはなれても、心がそれについていかない。私が、ＳＮＳのコメントが原因で落ち込んでいるなんて、おじいちゃんたちは少しも思ってはいない。本当のことを話したら、おじいちゃんたちは必死になって私を守ってくれるだろう。だけど、そうなることがわかっているからこそ、私は、自分の身にふりかかっている危機を話せないのだ。よけいな心配をかけたくないから……。

本当は、こうしている間もスマホが気になって仕方ない。

部屋に置いてきたスマホ。もしかしたら、私がご飯を食べている間に、また新しい悪口が書き込まれているかもしれない。

どうしよう……。こんなことになるなんて思いもしなかった。

10 外に出るのが……怖い。

スマホから電子音が鳴り、私はびくっと肩をすくめた。そっと画面を見てみると……。

『三周年ありがとうキャンペーン。ポイント無料プレゼント！』

いつも使っているメッセージアプリの会社からきたダイレクトメッセージだった。

なんだ、びっくりした……。

悪口のコメントを発見した日、私は夜も寝ないでスマホとにらめっこしていた。自分でも眠らなくちゃ、と思うのに、コメントのチェックがやめられないのだ。

新聞に私の記事が出てからは、こんなコメントまで出てきた。

『アプリコットさんの本名、特定しちゃいましたあ。あんづちゃん、っていうらしい』

『商店街に行けば、あんづちゃんに会えますかね？』

前に、友だちの紗那に忠告されていたことが今さら身にしみてきた。

アプリコットなんていうアカウント名じゃ、本名を連想させるからセキュリティの面で別のにしたほうがいい、というあれだ。

今では『ここから商店街』の通りを歩くのも怖くなっている。だって、もしかしたら、ネットで私を見たひとがどこかで見張っているかもしれない。

夜通し、小さな画面を見つめていたせいで、次の日はずっと頭が痛かった。そして、私に異変が起きたのもそのころだった。

また悪口が書かれたらどうしよう。

一度スマホを触り始めると、今度は、自分が見ていないすきに悪口を書かれたらどうしよう、という不安でやめられなくなるのだ。気づいたら、スマホを見ているだけで一日が終わったときもあった。

もうだめだ。こうなったら……。

私は、スマホの電源を落とそうとして、やっぱりやめた。

スマホの電源を落としてしまったら、友だちからのメッセージも見られない。そうすると、世界でひとりぼっちになったような気分になってくるのだ。

私……いったいなにやってるんだろう。

カーテンを閉めた部屋で一人、膝を抱えてじっとしていると、自分がみじめに思えてきた。

……私って、どうして失敗ばかりしちゃうのかな。

落ち込んでいると、沈んだ気持ちに引っぱられるようにして過去のいやだったことも思いだしてしまう。

ここに引っ越してきたときも、いろいろあった。『CHARGE』の串本さんに初めて出会ったときは、言われたことに、カッとなってお店を飛びだしたり、おじいちゃんの代理で行った商店街の集まりでは、大人たちを相手にキレてしまったり……。先のことをよく考えずに急発進してしまうのは、私の悪いくせだ。

今回のことだって、もっとよく考えてからすればよかったのかな。

私だって、ネットには、いいところも、そうでないところも、両方あるってことくらいよくわかっている。『CHARGE』の串本さんだって、ネットに根も葉もないウワサを書かれて困ったことがあるんだ。そういうひとが身近にいたんだから、もう少し、警戒して行動すればよかった。

だけど……。

全部、私のせいだって思えば、簡単に解決するけど、苦しくてたまらない。自分がまいた種だから仕方ないで片づけろってことなの？

そのときだった。

「おーい」

聞こえてきた声に、ハッと顔を上げる。

「杏都ー、いるかー？」

詩音だ。

「杏都ー？　……なんだ、いないのか」

詩音の声に、私はあわてて立ち上がり、カーテンを開けていた。

「なんだ、いるなら返事しろよ」

目に飛びこんできた光景に、私は、自分がホッとしていることに気づいた。

隣の家の窓から詩音がこっちを見ている。

スマホがないと誰ともつながれないと思っていたけれど、私の近くには、ちゃんと私を知る、私の名前を読んでくれる誰かがいる……。

「明日だな、花火大会」

「あ……。うん」

商店街の中二ズで行こうと約束していた隣の市の花火大会は明日。

「康生たちと決めたんだけど、午後の三時くらいに出発して、向こうで場所とろうぜって。遅刻すんなよ。おまえは特に、準備に時間かかりそうだからな」

よけいなお世話。

そう思ったけれど、私は、ただ、ふっと笑っていた。今日は、詩音に言い返す元気がないみたい。

詩音が「え？」と声をあげる。

「……怒るかと思った。どうした？　おまえ、なんかヘンじゃね？」

ドキッとした。

「へ、ヘンってなに？　失礼なんだけど」

あわてて言い返す。

「いや、そういう意味でヘンっていうんじゃなくて」

詩音は、そこで言葉を止め、しばらくだまった後、

「元気、なくね？」

そう言った。

心臓がドキンと高鳴る。

どうしてわかったの？　今、私、世界でひとりぼっちになった気がして、すごく孤独を感じていた。誰にも話していない不安が、詩音にはわかるの？

「そ、そんなことないよ。ちょっと……夏休みの宿題でつまずいてて、考えてたの」

「ふーん？」

詩音が、私の表情をさぐるようにして、じっとこっちを見てくる。まるで、私を疑っているみたい。「ホントかよ。ちがう理由があるんじゃないか？」って、詩音の声が聞こえてきそうな気がして、私は、思わず顔をそらしていた。

「まあ、いいや。とにかく明日、遅れんなよ」

そう言って、詩音は窓から離れた。そっと視線を移し、詩音がなにをしているのか見ると、プールバッグを肩にかけて部屋を出ていくところだった。相変わらずプール通いを続けているんだ。

詩音のいなくなった部屋を窓越しに見つめながら、私は、どうしよう……と思っていた。言いそびれてしまった、あのことを。

──「明日だな、花火大会」

詩音の声を思いだす。だけど、私は……。

SNSさわぎがあり、私は決めていたのだ。

しばらく外には出かけない。花火大会にも行かないって。

瑠奈とアイアイに話したら、二人はものすごくがっかりしていた。そうだよね、おそろいのメイクをして行こうって、あんなにはりきっていたんだもの。私だって、行けるものなら行きたい。だけど、外に出るのが、今は怖いのだ。ちゃんと理由を話したら、瑠奈とアイアイはわかってくれた。

「そうだね……。杏都ちゃんがそう言うなら、やめたほうがいいかも。ネットストーカーとまでは言わなくても、悪質な書き込みをするひとって正体がわからないぶん、なにが起きるかわからないもんね」

「うん……。あのアンチコメント、なんだか怖いし。あーあ、残念だなあ。でも、屋台のおみやげ買ってくるね～」

二人のことを思いだし、私は、何度も心のなかで「ごめんね」と繰り返した。

そして、花火大会が行われる日の午後二時半。なにも知らない詩音は、私のことを呼びに『和菓子のかしわ』にやってきた。

「え？　行かない？」

私が「そう」とうなずくと、詩音は「なんでだよ」と言った。私は、ここまでなにがあったかを詩音に説明する。だけど、詩音には、いまいち事の重大さがわかっていないようだった。

「おれ、スマホ没収中だからネット見てないんだよ。そんなことになってるなんて、ちっとも知らなかった」

私は、詩音の置かれている状況が少しうらやましくなった。だって、スマホがないからこそ、こうやっていつものように無邪気でいられるのだ。

「だからって家に閉じこもることねーだろ。おおげさだって。大きい花火が見られる機会なんて年に一回しかないんだぜ？　みんないっしょなんだし、おまえも来いって」

その後も、何度か「来い」と、しつこい詩音。しかも「ノリ悪いなー、おまえ」なんてことも言いだした。

そのうち、私が感じている恐怖を、ちっともわかろうとしてくれない詩音に、イライラしてきた。

「行かないってば！　それに、おおげさなんてひどい！」

とうとう、私は大声を出してしまった。それを聞いた詩音が、ハッとした顔になる。

「あっそ。あーあ、迎えに来てやったのに時間のムダだったな！」

詩音は吐き捨てるように言うと、ぷいっと背を向け走っていってしまった。

なによ、あの態度……！　少しは心配してくれたっていいじゃない。

昨日、二階の窓越しに話したときは、なんでもないって言ったのに、こっちの本心をさぐるようなふりしておいて、いざ本当のことをうち明けたら「おおげさ」って、いったい、なんなの？

「……杏都、大丈夫？」

作業場からお母さんがやってきて、言った。店先で大声をあげてしまったせいだ。住んでいる家がお店をしていると、こういうところが少しめんどうくさい。プライベートなやりとりも、ふとしたとき、誰かに見られがちだ。

「詩音くんとケンカしちゃったの？」

お母さんは心配そうな顔で私を見ている。恥ずかしい。小さな子みたいだよ、親にクラスメートとのケンカを心配されてるなんて。

「ううん。そんなんじゃないよ。お店で大きな声出して、ごめんなさい」

「大丈夫よ。ちょうど、お客さんもいないし」

「私、宿題してくるね。柳沼先生ってけっこうキビしい。夏休みの宿題、たくさんなの」

お母さんは、まだなにか言いたそうな顔をしていたけれど、私は、それをふりきるようにして二階へ行った。親から逃げるときには「宿題しなくちゃ」とか「勉強するね」って言うにかぎる。お母さんも、それ以上、詮索してこなかった。

その夜、花火大会へ行かなかった私を見て、おじいちゃんとおばあちゃんがあわてだした。

「杏都ちゃん、どこか具合が悪いのかい？」

商店街の子どもたちの多くが花火大会へ行っている。それなのに、家にいるとなると、心配されて当然だ。

「ちがうよ。私、人ごみがちょっと苦手なの。ここらへんでやる『ほしぞら祭り』くらいの規模ならいいけど、花火大会は、もっと人がいるでしょ？」

ウソの理由を言うと、おばあちゃんは、ホッとしたようだった。

「そうだったの。そうね、おばあちゃんも人ごみが苦手だから気持ちはわかるわ」

おじいちゃんとおばあちゃんは納得したようだったけど、このとき、お母さんは、まだ心配そうに私をチラチラ見ていた。

時計を見ると、夜の七時半。そろそろ花火大会が始まるころだ。

……みんな、楽しんでいるだろうな。


夕ご飯が終わると、おじいちゃんとおばあちゃんは寝室に行き、早々と休んでしまう。

私は、お母さんと二人で台所に立ち、食器の後片づけをしていた。

「杏都に、ちょっと見てもらいたいものがあるの」

お母さんが言った。

「なに？」

「ちょっと待ってて。持ってくるわ」

お母さんはそう言って台所から出ていく。しばらくして戻ってきたお母さんは、数枚の紙を持っていた。

「これ……見てくれる？」

私は、濡れた手をふきんで拭いて、お母さんから紙を受け取った。

ノートくらいの大きさの画用紙に、絵が描いてある。これ、なんだろう。四角の直方体に、黄色い丸……。

「えっと……お月さま？」

「よかった！　そう見える？」

お母さんの顔がぱあっと明るくなり、私は少し驚いた。お母さんが、こんなふうに喜びの感情を顔に出すことって、あまりないから……。

「これ、羊かんのデザインなの」

お母さんが言った。

「羊かん？　あ、そっか。だから、四角の枠のなかに描いてあるんだね」

「うん。これ……まん丸のは満月ね。そして、こっちは、夜明け。朝日を表現したいの」

二枚目の紙には、青から赤へのグラデーションカラーのなかに浮かぶ太陽が描かれていた。

「満月の羊かんは、静かな気分になりたいとき。夜明けは……これからなにかを始める、新しい気持ちになりたいときに食べてもらいたいなあと思ってデザインしたの」

「お母さん、すごい。いつのまにこんなこと考えてたの？」

「この前、お父さん……おじいちゃんが修業していた和菓子屋さんへ勉強させてもらいに行ったでしょ？　あのときから、もっと、もっとがんばろうってやる気が出てきたの」

そう話すお母さんの顔は、私のお母さん、というより、働く一人の女性、というかんじになっている。ふと、私は、お父さんが、お母さんのことを「理恵子」と名前で呼んだときのことを思いだした。

「私、羊かんって、あんこだったり、さつまいもだったり、シンプルなものしかないと思ってた。こんなふうに絵みたいに表現することってできるの？」

「できるわよ。だけど、おじいちゃんには不評だったわ。特に、夜明け羊かんの、青から赤のグラデーションは、食欲をそそる色じゃないって。味は悪くないはずなんだけど。おじいちゃんは、杏都が言ったみたいな、むかしながらのシンプルな羊かんが好きなのね」

「ふうん。でも、これはこれですてき。贈り物でもらったら嬉しいし、新しいことに挑戦するひとを応援しているみたいだね」

私は、羊かんのデザインが描かれた紙をお母さんに返した。

「お母さん……。どうして、私に見せてくれたの？」

いつもとちがうことがこんなふうに突然起こると、私は、その意味を考えてしまう。お母さん、なにか思うことがあるんじゃないかって……。

「べつになにもないわよ。ただ……わたしが今、挑戦していることを杏都に知ってもらいたかった。それだけ」

お母さんが笑った。

そのとき、外でなにか物音がした。郵便受けになにかを入れるような音だったことから、お母さんが「回覧板かしら？」と言った。

「私、ちょっと見てくる」

台所を出て、私は外の様子を見に行く。お店のシャッターを半分だけ開けて、そこをくぐって外へ出る。

「あ……」

そこにいたのは詩音だった。

仕方ないことだけれど、数時間前の言い争いを思いだして、お互いに気まずい雰囲気になってしまう。

「その……。これ、竹本と相沢がおまえに渡してくれって。郵便受けに入れようとしたけど、食べ物だから、やっぱりやめたほうがいいよなって……」

そう言って、詩音は白いビニール袋をずいっと差しだしてきた。受け取って、なかをのぞくと、真っ赤なりんごあめが入っていた。

「これも、三つとれたからやる」

続けて詩音が差しだしたのは、おまつりの屋台でよくある水ヨーヨーだった。色は、夏の朝顔みたいなムラサキ。

「……どうもありがとう」

少ししゃくだったけど、あのケンカと、これは別問題。おみやげのお礼は言わないといけない。

詩音は、ビーチサンダルを履いた足を地面にこすりつけている。その、ザザッ、ザザッという音だけが響いていた。

「……悪かったな」

詩音が小さな声で言うので、私は「え？」と聞き返す。

「昼間……。おれ、本当にネット見てないからわかんなかったんだよ。花火大会、行く途中、電車で、康生たちのスマホでおまえのＳＮＳ、見せてもらったんだ」

ああ、詩音にもあの悪口の数々を読まれてしまったんだ。自分あての悪口だけど、ほかのひとに読ませるのも心が痛む。

「あんな書き込みされたら、ちょっとキツいよな」

「もう……いいよ。しばらく外出を控えればすむことだから」

私は、詩音に背を向け、半分だけ開いているシャッターをくぐってお店のなかへ入った。

「おやすみ」

そう言って、シャッターに手をかける。半分だけ開けたシャッターの下から、詩音の足がのぞいている。日に焼けた詩音の足。履き古した黒いビーチサンダル。シャッターを下までおろすと、私の視界から詩音が消えた。だけど、心にはまだ鮮明に残っている。

――「……悪かったな」

不器用にしかあやまれない詩音。

私は、詩音からもらった水ヨーヨーをそっとほおにあてていた。なかに水が入っているから、こうしていると冷たくて気持ちがいい。

部屋に戻ると、私は、水ヨーヨーを壁に吊るした。

翌朝、目覚めて、カーテンを開けると、詩音の部屋の窓にこんなメッセージが書いてある紙が貼ってあった。

『今日、夕メシを食った後、八時に外で待つ！　しおん』

11 二人だけの線香花火。

詩音との約束（というか、一方的な強制呼びだし）の夜八時になった。

おじいちゃんとおばあちゃんは寝室に行ってしまったし、お母さんはお風呂に入っている。

私は、お店のシャッターを半分だけ開けて、そこをくぐって外へ出た。

「えらい。ちゃんと出てきたな」

隣の『桜井薬局』の前に、すでに詩音が立っていた。その足元には、水をはったバケツが用意されていた。

「ん」

詩音が手に持っていたなにかを、私に向かってつきだしてきた。

「え？　これって……」

線香花火。

詩音が持っていたのは線香花火の束だった。

「杏都、これでおれと勝負してくれ」

「勝負？　なにそれ」

詩音の言っている意味がわからない。

「勝負方法はシンプルに、火玉が長くもったほうが勝ち。早く落ちたほうが負け」

「どうして、そんなことしなくちゃいけないのよ」

「どうしても」

そう言った詩音の目は真剣だった。なんで、こんなふざけたこと……。そう思ったのに、そんな真剣なそぶり、ずるいよ。

詩音は、続けて、こう言った。

「おれ、絶対に勝つから。そうしたら、おれの頼みを聞いてもらう」

なにそれ。強引すぎない？　だけど、真剣な目に吸い寄せられるように、私は、思わず「わかった」とうなずいていた。

「よしっ、やった！」

笑う詩音の顔を見て、心臓がドキッとした。

さっきまでの真剣な顔とちがって、今度は小さな子どもみたいな無邪気な笑顔。どうして、こんなに、くるくる表情が変わるの？　だから、私は、つい詩音を見てしまうのをやめられないのだ。次は、どんな顔をするんだろうって気になるから。

詩音は、持っていたライターでろうそくに火をつけた。

「家の仏壇から借りてきた。ご先祖さま、お許しを」

ほら、こうやって、今度はふざけるんだから。

詩音は、火のついたろうそくをかたむけ、地面に溶けたロウをたらした。そこへ、ろうそくを立てて置く。

「うん。くっついた。これで火の準備はオッケー」

いっせーのーせ、で火をつけるからな。詩音が言って、私たちは、それぞれ手にした線香花火をろうそくの火に近づける。

「いっせーの……」

せ！

線香花火の先端に火がつく。やがて、火花がバチバチッと散り始め、周りがオレンジ色の光で照らされた。

線香花火って、すごくシンプルで素朴。私は、シューッと音をたてて噴射される、火の色が次々に変わる花火が好きだった。だから、いろんな種類の花火が入っているセットでは、線香花火がいつも余ってしまう。余った線香花火は、そのまま夏を越し、季節がめぐって……また夏がやってくるころには、しけってしまって使えなくなっていた。

だけど、今、この瞬間、私は知ってしまった。線香花火がこんなにきれいだってことを。

小さな火花がバチバチと舞い散るのを見ていると、自然と心が静かになっていく。SNSさわぎで荒れていた私の心も、線香花火になだめられていくのがわかった。

そして……。

線香花火って、ふしぎ。なんだか、いっしょに花火をしているひととの距離が縮まっていくように感じる。

詩音……。

そっと、詩音に視線をうつすと、真剣な目で線香花火に見入っていた。教室で、いつもふざけているときとは、別人みたい。

気がついたら、詩音の顔がものすごく近くにあって、私は、ハッとした。その距離、わずか数センチ。一本のろうそくから同時に火をつけたから、いつのまにか、こんなに近づいていたんだ。

そっか。さっき、詩音がものすごく近くにいるように感じたのは、実際、物理的にも近くにいたからだったんだ。だけど、線香花火がくれる相手との距離感は、物理的なものじゃない。

それは、もしかしたら、目には見えない「心の距離」なんじゃないかって、私は思った。

火花がだんだん小さくなっていく。そして、線香花火の先端の火玉が、ジーッとふるえるような音をたて始めた。

「あっ」

私と詩音が同時に叫ぶ。

詩音の線香花火から、地面に向かって、ぽとりと火玉が落ちた。

それから遅れること数秒後。今度は、私の線香花火の火玉が落ちる。

「私の勝ち……だね」

しーん、と沈黙の時が流れた後、

「いや、三回勝負！」

詩音が言った。

「往生際が悪いやつ」

私は、ぷっとふきだしていた。詩音が小さく「あ、笑った」とつぶやいたのが聞こえて、ドキンとした。

私、笑ってた？

笑うのなんて、久しぶり。最近は、ずっと不安な日々を送っていたから……。

「いいよ。じゃあ、三回勝負に変更してあげる」

私が言って、二回戦がスタート。だけど……。

「ウソだろ！」

先に火玉が落ちたのは、また詩音だった。

「さ、最後の勝負に勝てば、一気に三ポイント取得ってことにしようぜ」

詩音は、小学生みたいないいわけをしている。

「詩音って、ホントばかみたい。もういいよ。いったいなにたくらんでるの？　どうせ夏休みの宿題うつさせてくれ、とか、そういう頼みなんでしょ？」

「………」

詩音は下を向いたまま、だまってしまった。

「だめだよ。まだ夏休みは残ってるんだから、あきらめないで自分の力でやらないと。それに、そんなことして先生にバレてみなよ。私だって共犯になっちゃうんだからね」

私は、立ち上がると「じゃあね」と言って、家に戻ろうとした。そのとき、

「行くな」

ふいに、がしっと腕をつかまれ、私の足がピタッと止まる。ううん、足だけじゃない。心臓も、呼吸も、時間さえも止まりそうになった。だって……。

私の腕を、詩音がつかんでいる！

「あ、わりい」

詩音が、ぱっと手を離す。

今が夜で、周りが暗くてよかった。……顔が赤くなっているのが見えないだろうから。

「待ってくれ。その……」

詩音はハーフパンツの後ろポケットから、なにかを取りだした。

「これ」

それは、私も持っている『ここから商店街』の『おさんぽ・おかいものラリー参加手帳』だった。

詩音は、それを見せながら私に向かって、こう言った。

「おれも、シールをためる。だから、杏都、おまえもいっしょに来い」

「え？　なんで私が？」

だいたい、私は一人でまわってきたんだよ？　と言おうとする前に、詩音が言った。

「おまえはもう、何枚かためたんだろ？　だから、そのぶん、おれにシールをくれ」

必死になってうったえる詩音に、私は、またふきだしてしまった。

「あはははっ」

こみあげてくるおかしさがまんできずに、私は声を出して笑っていた。

頼みごとなんていうから、いったいなにかと思ったら……。

こんなことだったなんて。

「な、なんだよ！ なにがおかしいんだ！ おまえだって、シールためたって、おれに向かって自慢してきたくせに！」

「自慢じゃない。ああいうのはね、報告っていうの」

「なんでもいい。おれのこと笑ったおわびも込めて、明日、絶対つきあえよ」

「あ、詩音」

待って、と言う前に、詩音はバケツを持って家のなかへ入ってしまった。

『桜井薬局』のシャッターが閉まる音を聞きながら、私は「こうなったら、詩音につきあってやるか」って気持ちになっていた。

12 おさんぽ・おかいものラリー with詩音。

午前十時に、詩音は二階の窓越しに声をかけてきた。

「おーい、そろそろ行こうぜー」

私は、というと、髪をポニーテールに結うため、鏡に向かっていた。

「ちょっと待ってー。あと三分！」

私が言うのも聞かずに、詩音がバタバタと下におりていく音がする。私は、手早く髪を結うと、持ち物の入ったショルダーバッグをつかんで、急いで階段をおりた。

「出かけてきまーす」

お店の奥にある作業場に向かって、声を張り上げる。

「杏都、お昼ご飯はー？」

お母さんが言った。

「いらない。今日は、友だちと食べるから！」

言った後で、詩音といっしょだということも言えばよかったかな、と思った。でも、まあ、いいか。

外に出ると『桜井薬局』の前に詩音が立っていた。

「遅いぞ。やっと来たな」

「そんな、たった数分でしょ。詩音、肝心のモノは持ってるんでしょうね？」

私は、ショルダーバッグから自分の『おさんぽ・おかいものラリー参加手帳』を出して見せた。

「もっちろん。ほら」

詩音は、ハーフパンツの後ろポケットから手帳を取りだす。ポケットに乱暴につっこんでいたのだろう、すでに折り目やシワがついてしまっている。だけど、こういうところ、いかにも詩音ってかんじで、私は、バレないようにくすっと笑った。

「で？　詩音はどのお店から行くつもりなの」

「よくぞ聞いてくれました！　そりゃ、陽太の家のデカ盛り定食でしょ！」

「え？　まだ十時ちょっと過ぎなんですけど」

詩音が言っているのは『瀬高食堂』のことだ。私が、冷やし中華を食べたところ。

「でも、おれ、昨日の夜から『瀬高食堂』のメニューで頭いっぱいなんだよ。腹んなか、すっかりスタンバイオッケーってかんじ」

「だからって、こんな早くに行かなくても……。それに、最初におなかいっぱい食べて動けなくなったら？　それで結局、家に帰るなんてことになったら意味ないでしょ。こういう町歩きっていうのはね、最初からメインに行くより、いろいろ見て歩きながら、徐々におなかをすかせて、たまーに休憩もしてっていうのがいいと思う」

　てっきり「そんなのどーだっていいじゃん」って言い返してくると思ったのに、詩音は、にかっと笑って、こう言った。

「おー、さすが！　そういう攻略法を待ってました！」

　えっ。それって、ほめてくれてるの？

　意外な反応に、私は、かあっと顔が熱くなるのがわかった。

「ほら、早く行こう」

　詩音に顔を見られないよう、私はぱっときびすを返し、歩きだす。

「な、あそこ行こうぜ。古着屋のにーちゃんとこ」

「串本さんのお店？」

「そう、そう！」

　詩音がうなずく。私たちは、いつのまにか、二人で並ぶようにして歩いていた。

「杏都ってさ、服に詳しいらしいじゃん。この前、花火大会のときに聞いたんだ。竹本の服、選んでやったって」

「あれは、アイアイもいっしょだったから」

「なんでもいーや。おれ一人じゃ入りづらいから、いっしょに見てくれよ」

いっしょに、という言葉に、ドキンと心臓が反応する。

「そうだ、杏都、スマホ持ってきてる？」

「え？　あるけど……」

スマホ、という言葉に、血の気が引くのを感じた。SNSに悪口を書かれてからというもの、睡眠時間がどんどん短くなってきている。昨夜も、遅くまでスマホを見ていた。

「出せよ、スマホ」

詩音が言う。

「どうして？」

「どうしても」

いったい、なんなの？

私は、バッグからスマホを取りだし、詩音に見せた。次の瞬間、

「今日は一日、スマホ禁止な」

詩音は、私から、ひょいとスマホをうばうと、電源を切った。

「えっ、ちょっと！」

私がスマホを取り返そうと手を伸ばす。詩音はすばやい動作で私のスマホをハーフパンツの後ろポケットにしまった。

「おれは、まだスマホ没収中なんだし、これで同じだろ」

詩音が言う。

「もう……。おしりで踏んづけて壊さないでよ」

「大丈夫だって。責任持って預かるよ」

詩音って、たまに強引なんだから。でも……まあ、いいか。

串本さんのお店『ＣＨＡＲＧＥ』をめざしながら『ここから商店街』を歩いていく。お店のひとたちは、私たちに気づくたび「こんにちは」とか「今日も暑いね」とか声をかけてくれる。それにこたえるたび、私は、自分の心のなかを、すーっとさわやかな風がふいていくような、そんな気分になっていくのがわかった。そして、その風は、たまっていたモヤモヤや、暗い気持ちも、どこかへ連れ去ってしまう。

ああ、私、久しぶりに外を歩いているんだ。

食べ物屋さんから漂ってくるおいしそうなにおい、買い物をするひとたちや、呼びかけをするお店のひとの、威勢のいい声。

詩音といっしょに『ここから商店街』を歩きながら、私は、自分が今している行動をかみしめていた。

最近の私は、ＳＮＳの悪質なコメントを恐れて、部屋に閉じこもっていた。

今でもあのコメントの数々を思いだすと、怖くなる。足がすくみそうになる。だけど、今日の私は、一人じゃない。

隣には、詩音がいるんだ。

「あら。『和菓子のかしわ』の杏都ちゃん！」

駆け寄って肩を叩いてくれたのは、金物屋さん『うえの』のおばさんだ。

「最近どうしたの？　朝のラジオ体操、来てないから、みんな心配してたのよ」

「あ、すみません……」

私が言うと、おばさんは「いいの、いいの」と優しくほほえんだ。

「もしかして、体調をくずしたりしてないかって思ってたけど、元気そうじゃない。それならいいのよ。みんな、杏都ちゃんに会うのを楽しみにしてるから。また気が向いたら参加してね。年寄りばっかりだけど」

そう言って、おばさんは、あははっと豪快に笑った。

私とおばさんのやりとりを見ていた詩音が、すっと前に出て、言った。

「大丈夫です。おばさん、杏都、またラジオ体操行くってさ」

「え」

ちょっと、なに勝手に答えてるのよ。

一瞬、そう思ったけれど、私は静かにうなずいていた。

「私……、明日からまたラジオ体操に行きます」

詩音に背中を押されるように、そう答えていた。本当は、ずっと気にしていたし、行きたいと思っていたのだ。

おばさんは「待ってるわね！」と手を振って、仕事に戻っていった。

私と詩音は、串本さんのお店をめざし、並んで歩いた。やがて、お店が見えてくると、詩音は「おれ、先に行こーっと」と言って走りだした。

「あ、待ってよ」

詩音にあわせて、私も駆けだす。

『ＣＨＡＲＧＥ』に着くと、ミシンを動かしていた串本さんが、私たちを見て驚いているようだった。

「これは珍しい組みあわせ」

串本さんが笑いながら言う。

「そんなこと言ったって、おれたち家、隣同士だぜ」

串本さんに向かって詩音が言う。

「知ってるよ。『和菓子のかしわ』さんと『桜井薬局』さんだろ。あ、詩音くんの家は化粧品屋さんもやってるんだっけ」

「そうだよ。串本さん、この前、胃薬買いに来たって、じいちゃんに聞いたけど。あんまり飲みすぎんなよ。それとも食いすぎ？」

「あー、見つかっちゃったか。飲みすぎ、食べすぎ、どっちもってかんじかな。『ここから商店街』の食べ物屋さんがおいしいせいだね」

串本さんに『ここから商店街』をほめられて、詩音は、まるで自分のことを言われたように誇らしげな表情をしている。

でも、私も同じ。自分以外の誰かが『ここから商店街』のことをほめてくれると、「そうでしょ！」って、激しくうなずきたくなる。

「さてと、いい服探そーっと」

そう言って、詩音は店の奥へと進み、ハンガーラックにかかっている洋服をながめ始めた。

たくさんの洋服をかきわけながら、ときどき「へー」とか「おおっ」なんて、一人でしゃべっている。

「大丈夫？　杏都さん、なんか大変なことになったって、アイアイちゃんから聞いたけど」

串本さんが、こそっと話しかけてきた。

私のSNSさわぎについては、アイアイを通して伝わっているようだ。

「はい。でも、今日はスマホを見ていないから、どうなったかはわからないけど……」

たぶん、まだ悪口コメントは増えているのだろう。だけど、今、私のスマホは詩音が持っていて、SNSをチェックすることはできない。

「気になるのはわかるけど、そういうのは見ないほうがいいよ。無視していれば、そのうち静かになっていくはず。ぼくも、経験者だからわかるよ」

串本さんが言って、ふふっと笑った。

そうなのだ。かつて、スタイリストとして有名だった串本さんも、ネットでの中傷に悩まされたことがあった。

「……私、今日、久しぶりに外へ出たんです。SNSの悪口を見たら、外出恐怖症みたいになっちゃって……」

「そっか。そういうわけで、今日はボディーガード付きなんだ」

「えっ？」

そのとき、詩音が「串本さーん」と呼びかけたので、串本さんは「はいはい」と向こうへ行ってしまった。

……さっき、串本さんはこう言った。詩音が、私の「ボディーガード」だって。

チラ、と視線を詩音へ移す。

「これ、すっげーかっけー！　着てみていい？」

詩音は、黒い革のライダースジャケットを手にとってはしゃいでいた。

「いいよ。好きなだけ試着してごらん」

串本さんに言われて、さっそくライダースジャケットに袖を通している。

詩音、そうなの？

私は、心のなかで詩音に話しかけていた。

外へ出るのが怖くなった私のために、ボディーガードになってくれてるの？　ちがうよね。だって、詩音は言ったもの。このお出かけは『ここから商店街』の『おさんぽ・おかいものラリー』のためだって。

私のためなんかじゃない。だって、詩音が私のためにボディーガードをするなんて、ありえない。

「うおー。かっこいいー。バンドマンみたい。なんかギター弾きたくなってきた！」

ライダースジャケットを羽織った詩音が、鏡の前でさわいでいる。

「え、詩音くん、ギター弾けるの？」

串本さんが驚いた顔をする。詩音は「へへっ」と笑う。

「ううん。全然、弾けない。だけど、これ着てたら弾けそうな気がしただけ」

「ああ、そう……」

串本さんは、私に向かって「やれやれ」ってかんじに笑ってみせた。それを見て、私もつられて笑ってしまう。

よし、詩音に似合う服、私も探そうっと。

「詩音。ライダースもいいけど、もうちょっと季節にあうものにしたら？　それに、こういうジャケットって、けっこう高いんだよ」

私に言われて、詩音は「どれどれ」と値札をひっくり返している。

「うわ！」

詩音が叫んだ。

「なにこれ！　めっちゃ高い！　串本さん、ぼったくりじゃん」

詩音が言った。

「ぼったくりって、ひどいなあ。詩音くん」

串本さん、苦笑いしている。

「そうだよ、詩音。ぼったくりじゃなくて、これでもお手頃なほうだよ。前に聞いたけど、串本さん、かなり無理して値段をつけたんだって。それだけ、ライダースジャケットって高価なものなの。本物の革だし。私だって欲しいけど、まだフェイクのしか持ってないんだから」

「へー、杏都もこういうジャケット好きなんだ？」

詩音に聞かれて、私はうなずいた。

「まあね。かっこいい系のアイテムだけど、かわいいワンピースとあわせて、甘辛ミックスにするの」

「あまから……。柿の種みたいなもんか。ピリ辛の柿の種に、甘いピーナッツ」

「え、全然ちがうんだけど。柿の種といっしょにしないでよ」

口ではそう言いつつ、私は、詩音のおかしなたとえに笑ってしまっていた。

そのとき、串本さんが使っていたミシンの上に置かれている水色の布が目に入ってきた。きれいな水色。まるで、夏の日の青空みたい。

「あの、串本さん。これはなんですか？」

私の質問に、串本さんが「ああ」とミシンから布を引きぬいてみせた。目の前に、ぱっとひろがったそれは、シャツだった。

「これ、実はイギリスの学校の制服」

串本さんの言葉に、私と詩音は「えっ」というふうに顔を見合わせる。

制服の、シャツ？

串本さんは、話を続ける。

「このままだと、ただの長袖のカッターシャツ。ふだん、着るには、ちょっとかっちりしすぎだよね。だから、これをリメイクして、半袖の開襟シャツにしようと思ってたところなんだ」

「ふーん。開襟シャツってなに？」

詩音が聞いた。

「アロハシャツはわかる？　あんなふうな形のシャツだよ」

「ああ、それならわかった！　ちょっとリラックスしたようなかんじのだろ」

「そうそう」

二人の会話を聞きながら、私は、ひそかに想像していた。この、夏の青空のようなきれいな色のシャツを、詩音が着ているところを。風がふき、シャツのすそが涼しそうにはためく。寂しい気持ち、悲しいことをふきとばしてくれるような空色は、まるで、詩音みたいだ。だって、私、今日は何度も笑っている。部屋に閉じこもっていた私が、少しずつ消えていくのを、今、感じている。

ああ、着ていなくてもわかる。串本さんが、これからリメイクするという青空カラーの開襟シャツは、詩音にぴったり似合うって！

「このシャツ……、いいと思う」

私のつぶやきに詩音が「えっ？」と声をあげた。ばちっと目があい、心臓がドキンとする。

私は、すうっと、ひと息、呼吸をした後、詩音に言った。

「詩音には、このシャツが似合うんじゃないかなって……」

言ってしまった後で、私は「しまった」と口をおさえた。

ヘンだって思われたかな？　だって、まだ完成していないシャツが似合うだなんて、どこにそんな根拠があるんだって言われちゃうかな。

「ホントにそう思う？」

私に質問してきた詩音は、さっきまでのふざけた様子とちがって、真剣な表情。

私は、だまってうなずいた。すると、詩音は、数秒、なにか考えてから「よしっ」と手を叩いた。

「決めた！　串本さん、おれ、そのシャツ買う。完成したらとりに来てもいい？」

詩音が言った。

「お買い上げありがとう。そうだね。ぼくも、この色、詩音くんにぴったりだと思うよ。じゃあ、ちょうどいいから、この際、詩音くんサイズにリメイクしようか！　採寸していい？」

　串本さんがメジャーを取りだした。

「おっ、そういうの中学の制服作るとき以来だー。串本さん、そのシャツ、イギリスの学校の制服だったって言ったよな？　もしかしたら、めちゃくちゃ頭いいヤツが着てたやつだったりしないかな。それで、おれの成績も上がったりして」

「あはは。身につけるとスキルアップできるゲームのアイテムじゃないんだから。でも、このシャツのおかげで勉強する気がアップしたら、それはそれでいいかもね」

　二人のやりとりをながめながら、私は、胸の高鳴りを感じていた。

　私が選んだんだ……。詩音の洋服。シャツが完成して、詩音が着ているところを想像すると、なんだか照れる。だって、シャツを見るたびに今日のことを思いだすから。私が選んだ、という思い出は消えないから。

　採寸が終わり、詩音が私に向かって言う。

「杏都は、なにも買い物しないのかよ。洋服、好きなんだろ？」

「あ、私は……」

　助けを求めるように串本さんのほうを見る私。

「杏都さんは、取り置きしてる洋服があるんだよね」

串本さんが、私のかわりに答えてくれた。

「えー、なんだそれ。どういうの？　この店にあるんだろ？」

詩音が、知りたくてたまらないというふうに、きょろきょろ、あたりを見回している。

「なあ、杏都」

名前を呼ばれて、私は、

「ナイショ」

そう答えた。

「なんだよ、けち」

「けちでも、なんでもいいもん」

子どもっぽいやりとり。私と詩音は、いつもこうなってしまう。転校してきたばかりのときだってそうだった。だけど、そのときとちがうことが、一つだけある。今の私は、詩音と話すときに感じる胸の高鳴りを心地いいと思っていた。

ふと、私の心のなかに、ある考えが芽生えた。

あのワンピースを着たら、詩音に見せたい。

たった今、そう思った。

「串本さん、おれのシャツ、いつできる？」

帰り際、詩音が言った。

「うん。今日じゅうに仕上げておくよ」

「早っ！　そんなにすぐできるもんなの？」

　これには、私も驚いた。

「ほかにもリメイクしたい服があるし、がんばって仕上げて、早くお店に並べたいから」

「へー。すごいな、さすがプロ。じゃあ、明日の午前中、すぐにとりに来る！　早く着たいから」

「お、そう言われると、かなりやりがいあるなあ。楽しみに待ってて」

　そのとき、私と詩音は肝心なことを忘れていたことに気づいた。

『おさんぽ・おかいものラリー』のシールをもらわなきゃ！

「串本さん、シール、シール、シール！」

　詩音にせかされて、串本さんがあわててシールを持ってきた。詩音は、さっそく、もらったシールを手帳に貼りつけた。

「やった。ココちゃんシールゲットだぜ！」

　まだ一枚だけど、と、自分でツッコミを入れて、詩音は笑っていた。

「よっしゃ！　次、行くぞ！　次！」

詩音は、もう走りだしている。

「串本さん」

お店を出る前、私は、串本さんに向かって言った。

「あのワンピース……近々、買いに来ます」

それを聞いた串本さんが驚いた顔になる。

「え……。いいの？」

「はい、決めました」

「そっか。うん……。今の杏都さんに、とても似合うと思う。いや、思う、じゃなくて、似合う、きっと！」

「おーい！　杏都ー！」

数メートル先で、詩音が私を呼んでいる。

「今、行くー」

私は、串本さんに「それじゃ」と頭を下げて、お店を後にした。

13 シェアする幸せ。

串本さんのお店『CHARGE』で買い物をすませると、詩音は「ああ」とため息をついておなかをおさえた。

「だめだ、やっぱり腹減った。早いけど昼メシにしようぜ」

お昼までは、あと一時間近くある。だけど、まあ……いいか。実は、私も、少しだけおなかがすいていた。もしかしたら、あのワンピースを買うという決断を下したことに、思った以上にパワーを使ったからかもしれない。

「それじゃあ、陽太くんのおうちの食堂へ行く？」

私が言うと、詩音は、小さな子どものように「やった！」と笑顔になった。

『瀬高食堂』は、働く大人たちの強い味方。朝は、八時半から開店し、夜は日付が替わるまで営業している。

「いらっしゃい！　あら、詩音くん……と、杏都ちゃん！」

お店へ入ってきた私たちを見て、おばさんが駆け寄ってきた。

「杏都ちゃん！　陽太から聞いたよ。あのとき撮影した映像がきっかけで、大変みたいじゃない。大丈夫？」

おばさんは、まるで自分の子どもがピンチに陥っているときのように心配してくれた。

私は「はい」と静かにうなずく。

「大丈夫です。それに……ここで撮った動画は、本当に好評だったんです。瀬高食堂さんにご飯を食べに行きたいって、おいしそうだっていう感想がたくさんきてます」

「そう？　うちも、あれからお客さんが増えたし、それは、嬉しいことだけど……。杏都ちゃんが悲しんだり、困ったりしてるほうが気になるわ。アンチコメントっていうの？　今度、そういうひとがいたら、おばさんやっつけてやるから！」

おばさんの言葉に詩音が「おいおい」とあきれている。

「おばさん、アンチコメントっていうのは、ネットのなかにいるやつらで正体不明だから、そう簡単にやっつけることはできないんだよ」

「え？　どういうこと？　まったく、もう！　ネットとかスマホは、おばさんお手上げなの。まだガラケーだし」

「とにかく、杏都は、もう大丈夫だよ。おれも、よーく見張ってるから。それより、おれたち腹減ってんだ」

「あら、いけない。すっかり立ち話に夢中になっちゃった。杏都ちゃん、詩音くん、どこでも好きな席に座ってちょうだい」

店内には、四人掛けのテーブルが四つとカウンターがある。お昼前の今、店内にお客さんはカウンターに一人だけ。

「ここでいっか」

詩音は、窓際のテーブル席を選んだ。私も、続いて席につく。

「なに食べよっかなー」

私たちは、店内の壁に貼られたメニューをぐるりと見回す。さらに、詩音は、テーブルに置いてあったメニュー表にも目を通している。

私は、さっき詩音がおばさんに言ったことを心のなかで思い返していた。

――「とにかく、杏都は、もう大丈夫だよ。おれも、よーく見張ってるから」

……ばか。スマホ没収中のひとが言うセリフ？　いったい、どうやって見張るのよ。だいたい、この騒動だって、ちっとも気づかなかった鈍感のくせに。

さらに、串本さんが言っていたことも私の心のなかでよみがえる。

――「そっか。そういうわけで、今日はボディーガード付きなんだ」

……そう思っていいの？　詩音、言葉では言わないけれど、私を守ってくれているの？

私たちは、しばらくだまってメニュー表を見つめていた。

「なににするか、決めた？」

詩音に問いかける。

「んー……。迷う」

「え？」

「卵チャーハンと、中華丼。どっちも食べたい」

詩音が言った。

「どっちもご飯系だから、両方は無理じゃない？　……あ、そうだ！　じゃあ、シェアするっていうのはどう？」

「なに、しぇあって」

「分けあうこと。それなら、両方食べられるよ」

女子同士では、食べるものに迷うと、「シェアしよう」って言って、いろんなものをみんなで分けあって食べることがよくある。男子は、やらないのかな。

「いいな！　シェア！　賛成」

「じゃあ、そうしよ。おばさーん」

私は、おばさんに卵チャーハンと中華丼を注文した。

詩音の様子をチラッと盗み見ると、もう注文したというのに、まだほかの料理に未練があるらしくメニュー表をじっと見つめていた。教室では隣同士の席だけど、横並びだから、こうして面と向かいあうことはない。

意外にまつげ、長いな。いつもさわがしくて、ばかみたいなことばかりしている詩音だけど、こうしてだまっていると、女子から「あの子、いいかんじ」って思われなくもないかもしれない。そういえば、前にアイアイが「詩音は、みがけば光るタイプ」だって言っていた。服装や髪型に無頓着なタイプだから、ソンしてるって。だけど……。

私は、この素朴なかんじが詩音のいいところだとも思う。もちろん、オシャレが大好きな私から見たら、服装や髪型に無頓着なところはもったいないとも思うけど……。

「おれの顔になんかついてる？」

ばちっと、詩音と目があった。

急にこっち向くなんて、聞いてない！

心臓が飛びだしそうなくらいドキンとする。

「べ、べつに」

じっと見てたのがバレたなんて恥ずかしすぎる。顔が、あっというまに熱くなっていき、どうしようと思っていると、おばさんが料理を運んできた。

「おまちどおさま〜。ゆっくり食べてね」

テーブルの上に、どん、と大盛りの卵チャーハンと中華丼が置かれた。

「うわ、うまそー！」

詩音の興味が目の前の料理にうつったので、私はひそかにホッとした。

厨房で調理をしていたおじさんもやってきて、テーブルにオレンジジュースの瓶と空のグラスを二つ置いた。

「おまけ。みんなにはナイショだぞっ」

「サンキュー、おじさん」

詩音に続き、私もあわてて頭を下げる。

「あ、ありがとうございますっ」

料理をシェアするためのお皿も貸してもらう。それぞれのお皿に、好きな量だけ料理をよそって、手をあわせた。

「いただきます」

まず、私が食べたのは卵チャーハン。卵の黄色はもちろんのこと、具材の一つとして入っている細かく切ったカマボコのピンク色がかわいい。ひとくち食べたら、おなかが刺激されたのか、どんどん食べたくなってきた。続けて、今度は中華丼を食べてみる。とろっとろの中華あんが最高においしい！

この前、一人で食べた冷やし中華もおいしかったけど、今日の食事は、そのときの何倍もおいしく感じるのは、どうしてだろう。

「うまいな」

詩音が、私に笑いかけてくる。

「うん、おいしい」

それに答える私。そっか、一人じゃないからだ。おいしい料理を、誰かとこうやって分けあって食べる。そうすると、おいしさは何倍にも増えていくものなんだ。今日、私は、初めて知った。

「スープは詩音にあげるよ」

卵チャーハンについてきたスープは詩音にゆずることにした。すると、詩音はオレンジジュースの瓶を手にとって、私のグラスについでくれた。

「じゃあ、残りのジュースは杏都にやる」

私は、ゆるむ口元に力を入れた。だって、そうしていないと、笑ってしまうから。なにもおかしいことはないのに笑っているなんてヘンだって詩音に思われちゃう。だけど、顔も、心も、今までかたく結んでいたヒモがほどけるような感覚をおさえきれなかった。

「ごちそうさまでした！」

食事を終え、『おさんぽ・おかいものラリー』のシールも無事ゲット！

「ごめんね、シールもおまけしてあげられたらいいんだけど、これだけはルールがあるから」

おばさんがすまなそうに言う。もらえるシールは、一つの商品につき、一枚ずつ。だから、今もらったシールは二枚だ。

「いいんです。だって、ズルして応募したってなんの意味もないから」

私が言うと、詩音が「そう、そう」とうなずいた。

「よし、またゲットー」

詩音の『おさんぽ・おかいものラリー参加手帳』に、またココちゃんのシールが増えた。

「杏都、この前、もう五枚ためたって自慢してきたんだから、今もらった一枚、おれにくれよ」

私の分のシールをとろうと、詩音がこっちに手を伸ばす。

「だーめ。これは、私の」

詩音にとられる前に、急いで自分の手帳にシールを貼った。

14 私の、初めての気持ち。

それから、私たちは「中二ズ」の康生くんのおうちのお肉屋さん『だるま』で揚げたてのコロッケ、洋菓子店『フローラ』でアイスキャンディを食べた。それに伴って、シールもゲット！

「ああ、おなかいっぱい。私、もう食べられないよ」

「おれは、まだまだいけるけど？」

「詩音の胃袋って、底なしなんじゃない？」

うらやましい。あんなに食べて、どうして詩音のおなかはこんなにペタンコなんだろう。そう思って、前に目撃してしまった詩音の裸の上半身を思いだし、顔が熱くなる。

やだ、もう。本当になにかというと、あの場面を思いだすんだから！

顔の熱を冷まそうと、手でパタパタあおいでいると、詩音が言った。

「あの、次は店じゃなくてさ、行きたいとこがあるんだけど」

詩音にしては珍しく遠慮がちな様子に、私は首をかしげる。

「え？　どこ？」

「寺」

「お寺って、あの『ほしぞら祭り』をやったところ？」

「……の、もっと上のほう」

詩音が言う。

「なにそれ、どういうこと？」

私が聞くと、詩音は急にダダッと走りだした。

「いいから！　ついてくればわかる」

待ってよ！　言おうとしたけど、足の速い詩音はあっというまに先へ行ってしまった。追いかけるように私も走りだす。でも……。

足が、痛い。

詩音にはだまっていたけれど、久しぶりに履いたサンダルで靴擦れを起こしたみたい。自分の足に目をやると、右足の小指の皮がむけて血がにじんでいた。

お寺は長い階段を上った先に境内がある。詩音についていくと、講堂の裏に、丘のような高台があることがわかった。まるで、ちょっとした登山のような坂を、詩音は、すたすたと上っていく。

はあ、はあ。

苦しくて、息があがってきた。アスファルトとちがって、土の地面は、サンダルの底がぐにゃっと沈み込み、歩きにくい。

だめ。どんどん足が痛くなってくる。

「詩音……。待ってよ」

つぶやくように言う声は、詩音に聞こえるはずもない。

がまんして坂を上ると、やがて、原っぱのような広い場所へ出た。

ちょうどふいてきた風が、私の前髪をかきあげていく。

涼しい。

原っぱには、石積みの台があり、詩音はそこにいた。

「こっちに上ってこいよ」

ええ、また上るの？

台の上は、まるで小さなステージみたいだ。

「大むかし、ここに寺があったんだって。上ってくるのが大変だからって、少し下に移動したんだ」

詩音が言った。そう聞いて、ピンときた。

「じゃあ、この台って、もしかしてお寺の鐘があったところ？」

「そうなんじゃね？　おれも聞いたことないから本当のことは知らないけど。だって、大むかしって昭和とか明治より前の話だし」

「そう……。じゃあ、そのころのこと知ってるひと、もう誰もいないね」

「うん。ひいじいちゃんたちよりむかしのことって、もう歴史上の話ってかんじで実感ないよな。でも、たしかに誰かがいたんだ」

詩音は話を続ける。

「大むかしすぎて、想像がつかない時代でも、誰かがいたから、おれたちもここにいるんだろ。ずーっと、つながってるんだよな」

詩音の言うとおりだ。

ひとは一人じゃ生まれない。ある日、突然、なにもないところから自然発生したわけじゃない。今、私がここにいるのも、お父さんとお母さんが出会ったからで、さらに、そのむかしは、おじいちゃん、おばあちゃん……。

「ほら、見ろよ。『ここから商店街』がよーく見えるぞ」

詩音が指さす方向を見ると、『ここから商店街』のお店が立ち並ぶ通りが見えた。同じような屋根が、ずーっと続いているところを、こうして上からながめると、なんだかおもちゃの人形の家のようだ。

「おまえが住んでいたところに比べて、ここはちっぽけな町だよな」

詩音が言った。

たしかに、ここは私が前に住んでいた都会と比べると小さな町だ。こうして高いところから見下ろしてみても、それはよくわかる。だけど、高層ビルがないので、都会に比べて、空がぐんと広く感じられるのは、とても気持ちがいい。

「電車も、すげーたくさん通ってるんだろ？　ここなんて、二時間待って、やっと一本だもんな、電車」

詩音は、ふう、とため息をつく。

「店も、小さくて古いとこばっかだし。郊外にでかいショッピングセンターができてから、商店街がピンチになってるの、ばかなおれだって、さすがに気づいてるよ」

なにが言いたいの？　詩音。

「……おまえ、この町じゃ、つまらな」

「好きだよ」

詩音が「えっ」と、私を振り返った。目を見ひらいて、驚いたような顔で私を見ている。

「私、この町が好き。『ここから商店街』も好きだよ」

私は言った。

詩音が言いたかったこと。都会に住んでいた私には、小さすぎるこの町はつまらないんじゃないかって、そういうことでしょ？

そんなことない。

私は、不仲になった両親から生まれた自分は、つまらない存在だって、ばかみたいだって、いろんなことをあきらめていた。だけど、この町は、そんな私を、大きな心で包み込むようにして受け入れてくれたんだ。好きにならないはずがないじゃない。

「お母さんから聞いたの。お母さんが私たちくらいの年のころ、商店街は、もっとたくさんの人がいて、毎日にぎわっていたって。今じゃ、そのころがまぼろしだったみたいに静かになっちゃったって。でも、私、自分が大人になっても『ここから商店街』には存在していてほしいの」

「…………」

詩音がなにも言ってくれないので、私は、自分がヘンなことを語ってしまったのかと焦った。

「あ……。新入りが、なにナマイキなこと言ってんだってかんじだよね」

笑いながら言うと、詩音は「いや」と首を横に振った。

「同じだって思っただけ。おれも、ずーっと『ここから商店街』は、このまま残ってほしい。おれたちが大人になっても、ずっと」

私は「うん」とうなずいた。

「そっか。だから、大勢のひとが見てくれたんだよ、おまえのＳＮＳ」

「えっ？」

私は、詩音に「どういうこと？」と問いかける。

「商店街が好きだって思いが、みんなを引き寄せたってこと。アンチコメントよりも、ポジティブなコメントのほうがずっと多かったじゃん。それに、おまえの動画も見たけど、けっこうおもしろかったぜ」

「うん……」

うなずきながら、私は思った。

何万という大勢のひとにＳＮＳをスマホの画面上で「いいね」と言われるよりも、詩音一人に「おもしろかった」と目の前で、直接言われた今のほうが、ずっと嬉しい。

今日、ここで、こうして詩音と話せてよかった。私たち、同じ願いを持っているってことが、わかったから。これが、クラスメートのいる教室だったら？　きっと、男子と女子が真剣に語りあってるなんてあやしいって言われて、ひやかされたりするだろう。

にゃーん。

えっ？　なに、今の？

「ねえ、詩音。今、聞こえなかった？　ネコの鳴き声」

「え？」

詩音が、あたりをきょろきょろ見回している。そうしている間に、また聞こえた！　かわいらしいネコの鳴き声が。

「あ、いた。あそこ」

数メートル先の木の下で、黒ネコが背中を地面にごろごろとこすりつけている。

「しーっ」

詩音が、ひとさし指を口にあてながら言った。そうして、少しずつ黒ネコに近づいていく。

黒ネコは、地面に体をこすりつけるのに夢中で詩音に気づいていないようだ。詩音は慣れた手つきで黒ネコをひょいと抱き上げた。

私のそばに戻ってきた詩音が、ニヤッと笑みを浮かべる。

「シールじゃなくて、本物のココちゃんをつかまえたぞ！」

「えっ、このコが？」

アイアイが言っていたことを思いだす。『ここから商店街』では、ノラネコを増やさないよう、みんながボランティアでネコたちに避妊手術をして、町全体で育てているって。

「私、初めて本物のココちゃんに会ったよ」

「へー。じゃあ、抱っこしてみるか」

詩音がココちゃんを渡してきたので、緊張しながら、そっと腕のなかに抱いてみた。

「ふわふわで、もふもふ……。気持ちいい〜」

動物って、なんでこんなにやわらかくて、あったかいんだろう。触れているだけで元気を分けてもらっている気持ちになれるから、ふしぎだ。

「杏都、よかったな。ココちゃんを抱っこすると三日以内に絶対にラッキーなことが起こるぞ」

「ウソ！」

私が大声をあげると、詩音が、ぶっとふきだして笑った。

「うっそー！　今のおまえの顔、傑作だったぞ！　そんなことあるわけないだろ。意外とだまされやすいんだな」

「詩音！」

なによ、ウソだったの？　私、一瞬、本気で信じたのに……。

「あっ」

ココちゃんが私の腕から、するりとぬけだした。軽い身のこなしであっというまに遠くへ走っていってしまう。

「あーあ、行っちゃった……」

「また会えるって。この町のネコなんだから」

「そうだね」

今日、外へ出てよかったと私は思っていた。あのまま部屋に閉じこもっていたら、この思い出は作れなかったはず。

「そろそろ戻るか」

そう言って、詩音は台から軽やかに飛び降りた。私も、後に続きたいところだけれど、足にズキンと痛みがはしり、その場にしゃがみこんでしまう。

「痛っ……」

「どうした？」

「足……靴擦れしちゃって」

「なんだよ。そんなヒモみたいなサンダル履いてるからだ」

ヒモって！

詩音の言い方に、私は顔を引きつらせた。

「ヒモじゃなくて、リボンなんだけど。だって、商店街だけじゃなく、こんなに歩き回るなんて思ってなかったから」

痛みをこらえて、なんとか立ち上がる。足を引きずるようにして歩く私に、詩音が言った。

「わかった。おまえ、ここを動くなよ」

私に背を向けて走りだす詩音。

「えっ。ちょっと！　どこ行くの？」

「すぐ戻ってくる！」

そう叫んで、詩音はどこかへ行ってしまった。

本当に、信じていいのかな……？　半信半疑のまま、私は、仕方ないので、その場に腰をおろし、詩音が戻るのを待つことにした。

まだなの？　待ちくたびれたころ、やっと詩音が戻ってきた。

「おーい！　杏都ー」

走りながら、私に向かってぶんぶん手を振っている。……って、手に持ってるアレは、なに？

「ほらっ！　キャッチしろよ！」

詩音が私に向かってなにかを投げてきた。細長い物体が放物線を描き、宙を舞う。

「はっ？　え？　えっ？」

わけがわからないまま、それをキャッチする私。

手にしたそれをあらためて見つめると……。

黒いビーチサンダル……の片方だけ。

「それなら足、大丈夫だろ？　早く履き替えろよ」

駆け寄ってきた詩音が、もう片方のビーチサンダルを渡してきた。

「詩音……。これ、わざわざとりに行ったの？」

私が聞くと、詩音は「ああ」とうなずいた。

「商店街の靴屋で買おうと思ったけど、もう金がない。だから、家にとりに行った」

「これ、詩音の？」

そうだよね。だって、線香花火をしたときも、これを履いていたもの。

私が、じっとビーチサンダルを見つめていると、詩音があわてだした。

「なんだよ！　大丈夫だって。おれ、水虫とかねーし。そんな汚いもん見るような目、するなって」

「ちがうよ」

そんなこと思ってないよ。私……。今、嬉しくてかたまっちゃったんだよ。

詩音を見ると、走ってきたせいで汗だくになっていた。前髪は額に張りついているし、汗でTシャツの色が変わってる。知らないひとから見れば、すごくかっこわるい状態なのに、私には、詩音が輝いて見えた。

「ありがとう……」

そっと、ビーチサンダルに履き替えてみる。今まで履いていたサンダルは、持っていたビニール袋にしまった。

詩音のビーチサンダルは、私には少しサイズが大きくて、かかとの部分が余った。

『和菓子のかしわ』と『桜井薬局』の看板が見えてきた。

お互いの家に到着。

「これでシールは四枚か。まあまあだな。おれ、クジ運いいから懸賞あたっちゃうかも」

詩音は、家に入る前に「あ、そうだ」と言い、私に向き直った。

「おまえ、これでわかったろ？　怖がって外に出ないなんて、ばかみたいなことやめろよな。せっかくの夏休み、もったいないじゃん」

「えっ」

「今日、商店街歩いてわかっただろ？　ここには、杏都の味方しかいないって。だから、大丈夫だ」

それって……。

「詩音……。もしかして、今日のお出かけって、私を外へ連れだすためだったの？」

「当たり前だろ。おまえ、おれが今さら商店街のシール集めにマジになると思った？　おれは、ここで生まれて、もうすぐ十四年だぞ。まあ、商店街が好きっていうのは、ウソじゃないけど」

「なにそれ……。私をだましたの?!」

思わず声が大きくなってしまう。詩音は、そんな私を見て「うおっ、こえー」とおおげさに身を縮めている。

「だって、最初からそう言ったら、杏都は来てくれないだろうと思ったんだよ。意地っ張りだから。どうせ助けてもらう筋合いないって強がるだろうし」

「………」

詩音の言うことに反論できない。

だって、大あたりなんだもの。たしかに、私は意地っ張りなところがある。誰かに「助けて」なんて、絶対に言えない性格だ。

だまっていると、詩音が、ぷっとふきだした。

「でも、そこが杏都ってかんじだよな」

「え……？」

「おまえ、まだ思いださない？」

「なあに？　いったい、なんのことなの？」

「ん」

詩音が指さしたのは『和菓子のかしわ』と『桜井薬局』の二階。

「ずーっと前、まだ幼稚園児だったころ、杏都、ここに遊びに来て、二階で一人で泣いてただろ」


あ……。

少し前に見た夢がよみがえる。

――「ねえ、どうしたの？　どこか痛いの？　なんで泣いてるの？」

両親に叱られて、一人でこっそり泣いている私に、声をかけてきた男の子。

あれは詩音だったの？　夢なんかじゃなくて、私が持っていた遠い記憶だったんだ。

「……私たち、本当は、小さなころから知りあいだったの？」

「知りあいっていうか、杏都がここに遊びに来たとき、チラッと顔あわせるくらいだったけどな。だけど、そのころから、ホント、杏都って変わんねーよ。あのときもさ、おれになんて言ったか覚えてる?」

「え。……ごめん、忘れた」

夢は、あそこでとぎれていた。私の記憶も同様、その先は忘れているようだ。なにも思いださない。

「おれが話しかけたら、おまえ、うるさい！ ほうっておいてよ！ って、いきなりキレたんだぞ！ あのとき、おれは思ったね。女子って難しい、ナゾだって」

ウソ……。私、せっかく心配して声をかけてきてくれた詩音に、そんなこと言ったの? もしかして、詩音の女子ギライを作った原因の一つって、私だったりして。そうだとしたら、どうしよう……。

自分の過去の言動に恥ずかしくなってくる。

「やだ、もう……。私ってサイアク」

詩音を見ていられなくて、私は両手で自分の顔をおおっていた。そんな私に、詩音が言う。

「おれは、ちょっとおもしろかったけど。こいつ、全然変わってねーって。いいじゃん。杏都らしくて」

「私……らしい?」

顔から、そっと手を離し、詩音を見た。

詩音は、私を見ておだやかにほほえんでいた。教室で、お調子者男子たちと見せる「ぎゃはは」っていう笑い顔じゃない。なんだか、小さな子を見守る保護者みたいな大らかさを感じる笑顔。もしかしたら、今の私を詩音の目から通して見たら、小さなころ、一人で泣いていた意地っ張りの杏都と同じなのかもしれない。

夏休みが始まったころ、妹の月乃に言われたっけ。「おねえちゃん、やっぱり変わった……」って……。だけど、詩音は、私のことを「変わらない」と言ってくれる。本当は、どっちなんだろう。

変わる部分、そうでない部分。きっと、どちらもあっていいんだ。

両方あって、全部、私、なんだから。

町のスピーカーから、夕方六時を知らせるメロディが流れてきた。

詩音はハーフパンツのポケットからスマホを取りだし、私に差しだす。

「ほら、たしかに返したぞ」

「あ、うん……」

半日ぶりに私のもとへスマホが戻ってきた。あれ？　でも、ふしぎ。スマホを手にしても、前みたいにSNSの悪口をチェックしなきゃって思わなくなっていた。スマホと離れている時間があったおかげで、自然と頭がクールダウンしたみたい。

もしかして、詩音、私のために、わざとスマホを取り上げたの？

両親にスマホを没収された詩音だからこそ、こういう行動に出たのかもしれない。詩音は、知ってたんだ。スマホから離れてみても大丈夫ってこと。

詩音が「んーっ」と背伸びをする。

「なんだか今日は、一日がものすごく早かった。じゃあなー」

詩音が『桜井薬局』のガラス戸を開け、なかへ入っていく。

待ってよ。

行かないで。

本当は、口に出して言いたいのに、その言葉は心のなかに留まっている。

そして、私の視界から詩音が消えたとき、その気持ちは、もっと、もっと強く、色濃くなった。

詩音と、もっといっしょにいたかった。

もっと、話していたかった。

水中に投げ入れた物体が、自然と浮き上がってくるように自分の気持ちが見えた。

詩音が、好き。

15 詩音の気持ち。

今日は、八月二十六日。夏休み最終日。

「おーい、杏都！ 頼む！ 一ページだけでいいから！」

隣の家の窓から、詩音がこっちに向かって叫んでいる。

「だめ。そんなことして先生にバレたら私が怒られちゃうんだから」

「そこをなんとか！ このままじゃ、おれ、今日、徹夜しても間にあわない。な、頼むよ〜」

さっきから、しつこい詩音の頼みごと。

「夏休みの宿題をうつさせてくれ」

私の答えは、こう。

「だめに決まってるでしょ！」

詩音とは正反対に、私は、無事、宿題も終わった。いつも憂うつだった夏休み最終日がウソのように、今は早く学校へ行きたいとさえ思っている。詩音と隣同士の、あの席に座るのが待ち遠しい。

「私、友だちへ手紙出しにポストに行かなくちゃ。それじゃ、詩音、がんばってね」

「え！　杏都、待てよ！」

詩音が呼ぶのも聞かずに、私は「じゃあねー」と窓を閉めた。さらに、フルーツ柄のカーテンも引いてしまう。くるっと窓に背を向け、後ろ手でカーテンをつかみながら、私は、こみあげてくる笑いをおさえきれずにいた。

いつものやりとりが特別なことのように楽しく感じる。

それはきっと、詩音が好き、という自分の気持ちに気づいたからだ。

クローゼットがわりにしている押し入れを開ける。

そこにあるのは、あの日、ひとめぼれしたワンピース。

三日前、私は、串本さんのお店『ＣＨＡＲＧＥ』で、このワンピースを買ってきた。手にした瞬間の感動は、まだ心のなかに残っている。

試着室で着てみると、最初に思ったとおり、このワンピースは、私のために作られたようにぴったりだった。

鏡にうつる自分に、私は誓った。

このワンピースを着て、詩音に気持ちを伝えたい。

詩音に「好き」だと伝えるときは、このワンピースを着ていよう。

告白って、ふつうは男子からすることのほうが多いのかな。私の周りでも、そうだった。だけど、私は、自分のなかで生まれたこの気持ちを隠していることなんてできない。自分の気持ちは、自分の言葉で伝えたい。

ワンピースを手でなでてみる。

このワンピースを初めて見たとき、串本さんに言われたんだ。私には、まだ知らないことがたくさんあるって。それは、もしかしたら、恋することだったのかもしれない。

机の引き出しにしまった封筒をバッグに入れて、私は家を出た。

封筒に書いたあて先は、前にいた学校で仲よしだった紗那だ。

『紗那へ。

お元気ですか？　夏休みの初めにそっちへ戻ったときは、スケジュールがあわなくて残念だったね。

紗那も知ってると思うけど、SNSさわぎは大変でした。紗那の言うとおり「アプリコット」っていうアカウント名も、危機感が足りなかったかも。でもね！　聞いて！　あのSNSのおかげで、今年の商店街の「おさんぽ・おかいものラリー」は今まででいちばん参加者が多かったそうです。

だけど、このさわぎで考えたことがあるんだ。SNSで話すのも楽しいけど、やっぱり、相手と直接話すのにはかなわないなって……。そういうわけだから、紗那！　早く私に会いに来てくださいね。

中学二年生の夏休みが終わっちゃうね。

紗那は、どんな夏休みだった？

私は、自分にとって、初めての、だけど、たいせつで一生忘れたくない気持ちに出合いました。

今度、会ったとき、その話をするからね。』


そして、二学期が始まった。

体育館での始業式が終わり、私たちは教室へ戻ってきた。久しぶりのクラスメート同士の対面に、おしゃべりがやまない。今日は、これから、ホームルームをして下校になる。

教室の戸が開いて、担任の柳沼先生がやってきた。

「はい、みなさん、席に戻って〜」

先生は、これから通知表や夏休みの宿題を回収すると言った。

チラッと隣の席に目をやると、詩音は机につっぷして寝ていた。宿題が終わらず、結局、徹夜したらしい。

私は、詩音の肩をそっと叩いた。

「詩音、先生来たよ」

「えっ！」

ガタン！　と大きな音をたてて、突然、詩音が立ち上がった。そのひょうしにイスがひっくり返る。

教室じゅうの視線が一気に詩音に集中し、一瞬の沈黙の後……。

どっと大きな笑いが起きた。

「桜井くん。寝てましたね」

先生に言われて、詩音は恥ずかしそうに頭をかいた。

「すいません……」

イスを直し、詩音は、そそくさと席についた。

「杏都、急に話しかけんなよ。びっくりしたじゃんか」

「なによ。先生が来たから起こしてあげただけでしょ」

こそこそと話していると、先生が、えへんとせきばらいをした。

「そこ。桜井くんと田代さん。休み明けで、話すことがたくさんあるのもわかりますけど、静かに」

先生がそんなことを言ったせいで、教室の一部がざわついた。

「あの詩音が女子と雑談してるぜ」

「珍しい〜」

誰かが話しているのが聞こえてきた。

「みなさん、本格的に二学期が始まるのは、今週末の実力テストが終わってからですが、なるべく早く気持ちを切り替えて学校生活に慣れていってください。二学期は、文化祭など大きな行事も控えていますからね」

先生は、続けて言った。

「そうだ。今日のホームルームは、とりあえず、席替えをしましょうか」

えっ？

今、先生が言ったことを、頭のなかで繰り返す。

席替え……？

先生の提案に、教室が、わあっとわく。

「やった〜。早くいちばん前から解放されたいでーす」

「ホント。ここ授業中、すぐ先生のターゲットになるからいやだったよねー」

前の席に座っている子たちは、特に喜んでいる。

私は、自分の胸がざわざわと落ち着かなくなるのを感じていた。

席替え……。詩音と隣同士じゃなくなっちゃうの？

学校では席替えがあるということを、私は、すっかり忘れていた。

席替えは、くじ引きで行われることになった。クラス委員たちが、大急ぎでくじを作っている。

「杏都ちゃん、今度は近くの席になれるといいね」

いつのまにか、そばに来ていた瑠奈が、そう言った。

「うん……」

今は、瑠奈になにを話しかけられても頭のなかに入ってこない。私は、隣の席の詩音が気になって仕方なかった。

詩音は？　席替えで私と離れちゃってもいいの？

「詩音くーんっ」

詩音の周りに、いつものお調子者男子たちが集まってくる。

「席替えだって。また詩音くんの苦手なイベントがきちゃったね～」

男子たちの言葉の意味を解説してくれるみたいに、瑠奈が私の耳元でこそっとつぶやく。

「詩音、女子が苦手だから。席替えのたびになにかと荒れるんだよね。杏都ちゃんが転校してきたときみたいに」

「そうなんだ……」

今度、詩音の隣には、どの子が座るんだろう。瑠奈という可能性だってある。それを想像すると、私の胸はチクッと痛んだ。

私、最低だ。優しい友だちの瑠奈に嫉妬するなんて。しかも、想像だけで、実際そうなったわけじゃないのに。想像だけでこんなに気持ちがかき乱されるなら、私は、これからどうなってしまうんだろう。

そのときだった。

「もう前までのおれじゃない」

詩音が言った。

「は？　どういうことだよ」

仲間たちに頭をこづかれ、詩音は「いてっ」と顔をしかめる。

「やめろよ。とにかく、もう席替えなんかじゃビビったりしないんだって。今は、誰が隣になってもいいいや」

詩音の発言に、周りが「ええーっ」と驚いている。

「なにそれ、詩音くん。どーしちゃったわけ？」

詩音は、ははっと笑った後、私のほうを見ながら、言った。

「杏都で慣れた」

え……？

いったいなにが起こっているかわからなくて、私は、ただ、ぼうっと詩音を見つめていた。

「くじができたので、廊下側のひとから順番に引いてくださーい」

クラス委員が黒板の前で呼びかけている。

教室は、ますますうるさくなっていく。私は、席に座ったまま、机の上でじっと手を組んでいた。

……さっきの詩音の言葉、いったいどういう意味なの？

――「杏都で慣れた」

そう言って笑う詩音。

わからない。ううん、私、半分は気づいてるの。その意味に。でも、それが私の予想どおりだったら……。

そのとき、私は、きっと傷つく。ショックを受ける。だから、意味を知りたくない。わからないままにしておきたい。

耳の奥がキーンとなり、教室のざわめきが遠のいていく。

黒板には、新しい席に座る生徒の名前がどんどん書き込まれていく。それを見ながら、私は、ふと思った。

そうだ。また詩音の隣になればいいんだ。可能性はゼロじゃない。なにをがっかりしていたんだろう。だけど、その期待は、あっさり裏切られることになる。

「うわー、おれ、ど真ん中！」

くじを引いた詩音の声が聞こえる。そして、黒板に書き込まれた詩音の名前の隣には「箭内きゆら」という名前があった。

「えー、あたしの隣、詩音じゃーん」

きゆらちゃんが詩音に駆け寄っていく。動くたびに、背中まで伸びた髪がサラサラと揺れる。きゆらちゃんは、学年でも一番に髪がきれいだ。あまりに髪がきれいで「天使の輪」ができるから、陰で「エンジェル」って呼ばれてる。

「よろしく、詩音～」

「おう」

女子とふつうにやりとりしている様子を見て、詩音の仲間であるお調子者男子たちの驚きは止まらない。

「えー、詩音くん、どうしたの？」

「まさか！　この夏休みになにかあったとか⁉」

ぎゃははっと大きな笑い声が起こる。

そうこうしている間に、すべての席が決まった。

私は、窓際のいちばん前の席。これじゃ、詩音の姿を後ろから見ることもできない。

「じゃあ、新しい席に移動してくださーい」

クラス委員が言って、各自、荷物を持って移動が始まった。

「じゃあな」

詩音が言った。

「おまえが隣でよかったよ」

その言葉に、胸がドキッとしたのも、つかのま……。

「杏都って、女子って感じじゃなくて、なんか話しやすかったんだよなー」

心に、ピシッと亀裂が入るのを感じた。

「なによ。私は、詩音の女子ギライを克服するためのリハビリってわけ？　ひっどいなあ」

私は、あははっと笑ってみせた。

「リハビリ！　ナイスたとえだな。ぴったり」

詩音も笑っている。

私、なにやってるんだろう。本当は、笑いたくなんてないのに。こんな冗談、言うつもりなかったのに。まるで、自分で自分に最後のとどめをさしたみたい。

これで、わかってしまった。

私が詩音を好きでも、詩音の心に私はいないということが。

16
ひとりぼっちの涙。

ばかみたい。

私、本当にばかみたいだ。

男子なんて好きにならない。恋なんて、絶対にしないと思っていたのに。

いつのまにか詩音にひかれていた。

どのタイミングから好きだったなんてわからない。

きっと、あのときに好きになった、なんていう境界線を決められないのが恋なんだ。

詩音のことが好きだと気づいたとき、それだけで今まで見ていた世界が美しく輝きだし、生きているという実感がわいてきた。だけど、今は、そうやって勝手に浮かれていた自分がひどくこっけいに見える。

なぜ、そのことを考えなかったのだろう。

それは、恋には「片思い」という場合があるということ。

私が詩音を好きでも、向こうがそうじゃなかったら……。この想いは相手に届くことのないまま、どんどん私を苦しめる。

今も、胸が苦しくてたまらない。

席替えの後、放課後の教室は、久しぶりのクラスメートたちとの再会でいつまでも盛り上がっていた。

私も、おしゃべりに加わらないかと瑠奈に誘われたけれど、用事があるとウソをついて逃げるように帰ってきてしまった。

自分の部屋で、私は着替えもせず、制服のまま、畳につっぷしていた。

どれくらいそうしていただろう。いつのまにか寝てしまったようだ。

——杏都ー……。

私の名前を呼ぶ声が聞こえる。詩音なの？

ゆっくりと体を起こし、カーテンを開けると、隣の家の窓から詩音がこっちを見ていた。

窓を開けると、詩音が口をひらいた。

「なんだよ。おまえ、早く帰ったくせに、まだ制服なんか着て。いったいどうした？　あの後、教室にあったトランプでさ、みんなで遊んだんだけど、すごく笑えることがあってさ……」

詩音は、いつもと同じように話しかけてくる。だけど、私は……。

片思いを自覚した私は、もう、それまでの私じゃいられない。

「ごめん。私……ちょっと今、いそがしいから」

私はそう言って、窓を閉めた。

「杏都ちゃーん、そろそろ夕ご飯にしましょうかー」

下で、おばあちゃんが呼んでいる。着替えをすませると、私は下へおりていった。

「今日はハンバーグにしたの」

お母さんが食卓におかずを並べながら言った。

「わあ、おいしそう。いただきまーす」

本当は、ご飯なんて食べたくない。

私に、スマホみたいに電源ボタンがついていたら、今すぐにそれをオフにしてしまいたい、そんな気分だ。

だけど、落ち込んでいる理由が片思いだなんて、おじいちゃん、おばあちゃん、お母さんには、絶対にうち明けられない。

おかずのハンバーグを食べながら、私は、無理をして笑う。

「ご飯、おかわりしようかな」

お茶わんを持って立ち上がる。

私が、おかわりすると、おじいちゃんたちは、自分のことのように喜んでくれるから。

だから、私は、苦しくても悲しくても、この場では元気なふりをしていなければいけないんだ。

結局、なにを食べても味がよくわからないまま、この日の夕ご飯は終わった。

「今日は、久しぶりの学校で疲れたでしょ。お風呂、早く入っちゃいなさい」

お母さんに言われて、私は早めにお風呂をすませた。

それから、三時間後。

……のどが渇いた。冷蔵庫に麦茶、あったよね。

そう思い部屋を出て、台所へ足を踏み入れようとした次の瞬間、

「それじゃ、元の家に戻って、やり直すっていうのかい？」

おじいちゃんの声に、私はびくっと肩を縮めた。

なに？　今の……。なんだか怒っているような、とにかく、いつものおだやかなおじいちゃんの声ではなく、切迫した雰囲気だった。

今はみんなの前に出ていくべきでない。とっさに私は判断した。

だけど、話の内容が気になる。

立ち聞きなんて、悪いことだとわかってはいたけれど、私は、そっと息をひそめてその場に

立っていた。

「あの子たちの父親から、連絡があったの。月乃が、中学受験を考えてるって……」

お母さんが言った。

「あの子たちの父親」というのは、つまり、私と、妹の月乃のお父さん。お母さんの夫。

――「理恵子」

夏休みに、元の家へ行ったとき、お父さんがお母さんのことを名前で呼んだことを、また思いだしてしまう。

お母さんは話を続ける。

「月乃の、受験の支えになってくれないかって。杏都も、それに感化されて、高校受験について考えることもありそうだし……。そうなったら、やっぱり、向こうで生活したほうがいいんじゃないかって言われて……」

お父さんがそんなことを言っていたの？

「子どものことは別として、あなたの気持ちはどうなの？　理恵子」

おばあちゃんが言った。

「わたしは……」

お母さんが返事につまる。

「答えられないの？　杏都ちゃんたちが気の毒だと思わない？　大人にふりまわされて。理恵子、ここへ来たばかりの杏都ちゃんと、今の杏都ちゃんの変化に気づいてあげてる？」

　お母さんに向かって話すおばあちゃんの声も、いつもとちがってきびしいものだった。

「ここへ来たばかりのころ、杏都ちゃんは、いつも浮かない顔をしていたわ。なにかをあきらめているような……きっと、あなたたちの別居に胸を痛めていたのよ。それが、どんどん表情豊かになっていって……。ここでの生活になじんでくれたことにホッとしていたのに……」

　おじいちゃんも話に加わる。

「理恵子だって、本格的に和菓子の仕事をしようとがんばり始めたところだったじゃないか。それも中途半端で手放して、後悔しないのかい？」

「そうだけど……。わたしも、不安なの。安定した生活のためには、子どもたちに父親が必要なのかなって迷うことがあるし……」

　お母さんの声がふるえている。泣いているのだ。姿は見ていないけれど、想像しただけで、キュッと胸が縮む。

「情けない！　しっかりしなさいよ！」

　あいまいな態度のお母さんに対して、おばあちゃんが大声をあげた。

　いや！　ケンカなんて聞きたくない！　見たくない！

私は、その場から離れると、ダダッと階段を駆け上がった。後ろで「杏都ちゃん?!」と、おばあちゃんの驚く声が聞こえた。立ち聞きしているのが見つかったかも。でも、今さら、そんなこと、どうでもいい。

自分の部屋へ行き、引き戸を後ろ手で閉めると、私は、そのまま、ずるずると畳の上に座り込んだ。

……もしかして、お母さん、お父さんとやり直そうとしているの？　もう愛情はないのに。

私と月乃のために自分の気持ちを犠牲にして……。

さっき、おばあちゃんはお母さんのことを「情けない」と叱ったけれど、それは、私にもあてはまることだ。

情けない私。だって、結局、親に従うしかないんだもの。

この町を離れるなんて、いやだ。

ゆっくりと顔を上げると、フルーツ柄のカーテンが見える。あの窓の向こうには、詩音がいる。

片思いは苦しいけれど、詩音と離ればなれになるのは、もっと苦しい。

鼻の奥がツンとして、目の前がぼやけた。一度涙がこぼれると、それまでがまんしていた気持ちがどっとあふれてきた。

いやだ。詩音がいる、この町を離れたくない……！

詩音にとって、私は女子ギライを克服するリハビリ的存在だったとしても。それでも、私は、詩音が好き。

そのとき、壁に吊るしていた水ヨーヨーが目についた。心臓がドキンとふるえる。

「やだ……。どうしよう」

詩音にもらったムラサキの水ヨーヨー。すっかりしぼんで見る影もなくなっている。空気がぬけて、ぺしゃんこになった水ヨーヨーは、まるで、今の私の心を表しているようで、見ているとよけいに悲しくなってきた。

そのとき、私は、たいせつなことを思いだした。

……誕生日！

今日は、八月二十七日。

詩音の、誕生日だ。

――「二学期、忘れてなかったら言ってあげる。誕生日、おめでとうって」

一学期の終わりに、教室で詩音に言ったことを思いだしたのだ。

時計を見ると、夜中の十二時をまわっていた。

二十七日が終わってしまった。

言えなかったんだ……。

詩音の、一生でたった一度だけの十四歳の誕生日は、もう過ぎてしまっていた。

涙がほおをつたっていく。だけど、小さなころ、この部屋で泣いていたときのように詩音が私を気にかけてくれることは、もうないんだ。

私が、今、悲しみにくれて泣いていることなんて、世界中で誰一人知らない。

次巻予告

——詩音が、好き。
初めての、一生忘れたくない
気持ちに出合った杏都。
詩音のことを意識しすぎて、
避けるようになっちゃって……!?

キュン度100％♥
『ばかみたいって
言われてもいいよ③』は
2020年7月発売予定！

『ラブリィ！』

主役がブスで、何が悪い!?

中２男子の拓郎（たくろう）は、自主製作映画の主人公・涼子（りょうこ）が、みんなからブスと言われていることに疑問をもっている。拓郎は、涼子に不思議な魅力を感じているのだ。その魅力はいったい何なのか？　人間はなぜそんなに見た目を気にするのか？　そんな疑問の答えを拓郎は探していく。「見た目」とは何なのかをユーモラスにテンポよく探究する意欲作。

四六判ハードカバー　232ページ
ISBN978-4-06-220602-0
定価：本体1300円（税別）

こんなに「もじゃ」なのって、世界中で私一人だけなの!?

『moja』

中２女子・理沙(りさ)は、毛深いのが悩み。長袖を着てしまえばバレないから、周りからは何の悩みもないと思われているけれど、心のなかは「もじゃ」のことでいっぱい。プールをさぼったり、脱毛サロンに行ってみたり、毛と格闘する毎日のなかで、悩める乙女は自分を受け入れられるのか!?
もっとかわいくなりたいすべての女の子たちへ。

四六判ハードカバー　208ページ
ISBN978-4-06-515401-4
定価：本体1300円(税別)

『ばかみたいって
言われてもいいよ①』

ファッションが大好きな独身貴族ＪＣ・杏都は、両親の別居騒動に巻きこまれ、思いがけず田舎で暮らすことになった。部屋のカーテンを開けたら、目にとびこんできたのは、同い年の裸のオトコのコ！　……いったい、これからどうなっちゃうの⁉「自分をだして生きていこう！」というエールがこもった、キュン度100％の青春ラブ！

四六判ハードカバー　192ページ
ISBN978-4-06-518079-2
定価：本体1300円（税別）

吉田桃子（よしだももこ）

1982年生まれ。福島県郡山市在住。日本児童教育専門学校絵本童話科を卒業。2015年、第32回福島正実記念ＳＦ童話賞で佳作に入選。2016年、第2回小学館ジュニア文庫小説賞で金賞を受賞し、『お悩み解決！　ズバッと同盟』（小学館ジュニア文庫）として刊行される。第57回講談社児童文学新人賞を受賞して『ラブリィ！』を刊行し、同作で第51回日本児童文学者協会新人賞を受賞。その他の作品に『moja』（講談社）がある。

ばかみたいって言（い）われてもいいよ ②

2020年５月18日　第１刷発行

著者　吉田桃子（よしだももこ）
絵　ゆの
発行者　渡瀬昌彦
装丁　城所 潤（JUN KIDOKORO DESIGN）

発行所　株式会社 講談社
〒112-8001
東京都文京区音羽2-12-21
電話　編集03-5395-3535
　　　販売03-5395-3625
　　　業務03-5395-3615
印刷所　共同印刷株式会社
製本所　株式会社 若林製本工場
本文データ制作　講談社デジタル製作

N.D.C.913 207p 20cm ISBN978-4-06-519930-5

本書は書きおろしです。